Diogenes Evergreens

Ralph Waldo Emerson

# *Natur*

*Herausgegeben*
*und neu übersetzt von*
*Harald Kiczka*
*Mit dem Nachruf auf*
*Emerson*
*von*
*Herman Grimm*

Diogenes

Originaltitel: ›Nature‹
Die vorliegende Übersetzung folgt der
Edition ›Nature, Addresses, and Lectures‹,
Cambridge 1903. Außerdem wurde vergleichend
herangezogen der Nachdruck der ersten Ausgabe:
›Nature (1836)‹, edited by Kenneth Walter Cameron,
New York 1940.
Der Nekrolog von Herman Grimm, 1882,
wurde entnommen:
›Fünfzehn Essays‹, dritte Folge, Berlin 1882.
Umschlag:
Paul Cézanne, Mont Sainte-Victoire, 1904–1906


40/86/10/2
ISBN 3 257 05506 4

# Inhalt

# *Natur*

*Natur 1836*
*... die Natur ist ein Abbild der Weisheit,*
*der Seele Äußerstes; sie weiß nicht,*
*tut nur.*

Plotin

*Natur 1849*
*Eine feine Kette zahlloser Ringe*
*Verbindet die nächsten und fernsten Dinge;*
*Der Blick liest Omen, wohin er auch fällt,*
*Die Rose spricht alle Sprachen der Welt;*
*Und durch die Spirale der Formen auf Erden,*
*Windet der Wurm sich, zum Menschen zu werden.*

Ralph Waldo Emerson

# Einleitung

Unser Zeitalter blickt hinter sich. Es errichtet den Vätern Grabdenkmäler. Es schreibt Biographien, Geschichte und Kritik. Die vorangegangenen Generationen schauten Gott und die Natur von Angesicht zu Angesicht, wir durch ihre Augen. Warum sollten nicht auch wir uns eines ursprünglichen Verhältnisses zum Universum erfreuen dürfen? Warum sollten nicht auch wir eine Dichtkunst und Philosophie der Einsicht statt der Überlieferung haben und eine Religion der Offenbarung statt der Geschichte? Wir leben für kurze Zeit im Schoße der Natur, deren Lebensfluten uns umströmen und durchwallen und die durch ihre Kräfte uns einlädt, ihr gemäß zu handeln; warum sollten wir da in den trockenen Knochen der Vergangenheit herumwühlen oder die jetzt lebende Generation mit den Masken ihrer verstaubten Gewänder verkleiden? Auch heute scheint die Sonne. Mehr Baumwolle und Flachs wächst heute auf den Feldern. Wir wissen von neuen Ländern, neuen Menschen, neuen Gedanken. Laßt uns unsere eigenen Werke, Gesetze und unsere eigene Art der Verehrung fordern.

Ohne Zweifel haben wir keine Fragen zu stellen, die nicht beantwortbar sind. Wir müssen der Vollkommenheit der Schöpfung insoweit Vertrauen entgegenbringen, daß wir glauben, die Ordnung der Dinge werde alle Neugier befriedigen können, die durch sie in unserem Geiste entfacht worden ist. Eines jeden Menschen Lebenslage gibt auf die Fragen, die er stellt, die Antwort in Hieroglyphen. Er lebt diese Antwort, bevor er sie als Wahrheit erfaßt. In gleicher Weise beschreibt die Natur schon in ihren Formen und Zielen ihren eigenen Sinn. Laßt uns die große Erscheinung befragen, die uns so friedvoll umstrahlt. Laßt uns fragen nach dem Endziel der Natur.

Alle Wissenschaft hat ein Ziel, nämlich eine Theorie der Natur zu finden. Wir haben Rassentheorien und Funktionstheorien, aber kaum noch die entfernteste Annäherung an eine Idee der Schöpfung. Wir sind jetzt so weit vom Pfade zur Wahrheit entfernt, daß Religionslehrer sich streiten und einander hassen und nachdenklich veranlagte Menschen für ungesund und frivol gehalten werden. Aber einem gesunden Urteil ist die abstrakteste Wahrheit die praktischste. Wann immer eine wahre Theorie auftaucht, wird sie ihr eigener Beweis sein. Ihr Prüfstein ist die Tatsache, daß sie alle Phänomene erklären wird. Jetzt hält man viele nicht für unerklärt, sondern auch für unerklärbar, wie etwa die Sprache, den Schlaf, den Wahnsinn, die Träume, die Tiere und das Geschlecht.

Philosophisch betrachtet ist das Universum zusammengesetzt aus Natur und Seele. Strenggenommen ist daher alles, was von uns getrennt ist, was die Philosophie als »Nicht-Ich« bezeichnet, das heißt, sowohl Natur als auch die Kunst, alle anderen Menschen und mein eigener Körper, unter diesen Begriff NATUR einzuordnen. Indem ich die Werte der Natur aufzähle und ihre Summe errechne, werde ich das Wort in beiden Bedeutungen gebrauchen – in seiner gewöhnlichen und in seiner philosophischen. In Untersuchungen so allgemeiner Art wie die hier vorliegende ist die Ungenauigkeit nicht bedeutsam; eine Verwirrung des Denkens wird nicht eintreten. *Natur* im gewöhnlichen Sinne bezieht sich auf vom Menschen unverändert gebliebene Wesenheiten; der Raum, die Luft, der Fluß, das Blatt. *Kunst* bezieht sich auf die Verbindung seines Willens mit den nämlichen Dingen, wie bei einem Haus, einem Kanal, einer Statue, einem Bild. Aber all seine Handlungen zusammengenommen sind so unbedeutend, ein wenig Schnitzen, Backen, Stopfen und Waschen, daß bei einem so großartigen Eindruck, wie ihn die Welt auf den menschlichen Geist ausübt, das Ergebnis nicht verändert wird.

# Natur

Ein Mensch, der in die Einsamkeit gehen will, muß sich von seiner Wohnstube ebenso weit entfernen wie von der Gesellschaft. Ich bin nicht allein, während ich lese und schreibe, obschon niemand bei mir ist. Aber wenn ein Mensch allein sein will, laß ihn zu den Sternen aufblicken. Die Strahlen, die aus jenen himmlischen Welten kommen, werden ihn absondern von allem, was er berührt. Man möchte denken, die Atmosphäre wäre deshalb durchsichtig gemacht worden, damit dem Menschen in den himmlischen Körpern die immerwährende Gegenwart des Erhabenen gegeben sei. Aus den Straßen der Städte gesehen, wie großartig sind sie! Wenn die Sterne in tausend Jahren nur in einer einzigen Nacht erschienen, wie würden die Menschen glauben und bezeugen und durch viele Generationen die Erinnerung an die Gottesstadt bewahren, die sie erblicken durften! Aber diese Boten der Schönheit erscheinen jede Nacht und erleuchten das Universum mit ihrem mahnenden Lächeln.

Die Sterne erwecken ein bestimmtes Ehrfurchtsgefühl, weil sie, obwohl immer gegenwärtig, dennoch niemals erreichbar sind; aber alle natürlichen Dinge machen einen verwandten Eindruck, wenn der Geist ihren Einflüssen gegenüber offen ist. Die Natur tritt niemals unbedeutend in Erscheinung. Weder entreißt der weiseste Mensch ihr Geheimnis, noch verliert er seine Neugier dadurch, daß er ihre ganze Vollkommenheit erkennt. Die Natur wurde einem weisen Geiste noch niemals zum Spielzeug. Die Blumen, die Tiere, die Berge spiegelten die Wahrheit seiner besten Stunde wider, geradeso, wie sie ihn in der Unbefangenheit seiner Kindheitstage erfreuten.

Wenn wir in dieser Weise von der Natur sprechen, haben wir eine bestimmte, aber höchst dichterische Bedeutung im Sinn. Wir meinen die Ganzheit des Eindrucks, den mannigfaltige natürliche Objekte machen. Dies ist es auch, was das Scheit des Holzfällers vom Baum des Dichters unterscheidet. Die reizvolle Landschaft, die ich heute morgen sah, besteht unzweifelhaft aus etwa zwanzig oder dreißig Farmen. Miller besitzt dieses Feld, Locke jenes und Manning die Waldung dahinter. Aber keinem von ihnen gehört die Landschaft. Es gibt ein Besitzgut am Horizont, das niemand anderem gehört als demjenigen, dessen Auge alle einzelnen Teile zu einem Ganzen zusammenfassen kann, das heißt: dem Dichter. Dies ist der beste Teil an den Gütern dieser Männer, doch haben sie mit all ihren Besitzurkunden darauf keinen Rechtsanspruch.

Um die Wahrheit zu sagen, wenige Erwachsene können die Natur sehen. Die meisten sehen die Sonne nicht. Zumindest ist ihr Sehen sehr oberflächlich. Die Sonne bescheint nur das Auge des Mannes, aber in das Auge und das Herz des Kindes scheint sie hinein. Derjenige ist ein Naturliebhaber, dessen innere und äußere Sinne noch wahrhaft übereinstimmen; wer sich den Geist der Kindheit noch bis hinein in die Jahre des Mannesalters erhalten hat. Sein Verkehr mit dem Himmel und der Erde wird ein Teil seiner täglichen Nahrung. In der Natur durchströmt den Menschen wunderliches Wohlbehagen trotz all seiner Sorgen. Die Natur spricht – er ist mein Geschöpf, und trotz all des bedrängenden Kummers soll er mit mir glücklich sein. Nicht die Sonne oder der Sommer allein, sondern jede Stunde und jede Jahreszeit zollen ihren Tribut an Wonne, denn jede Stunde und jeder Wechsel entspricht einer unterschiedlichen Gemütsverfassung und rechtfertigt sie vom windstillen Mittag bis zur finsteren Mitternacht. Die Natur bietet eine Ausstattung, die zu einem Lustspiel ebensogut paßt wie zu einem Trauerspiel. Bei gutem Befinden wird die Luft zu einem Labsal unglaublicher Wunderkraft. Wenn ich über eine kahle Gemeindewiese schreite, durch Schneepfützen stapfe, in der Dämmerung unter bedecktem Himmel wandere, ohne den Gedanken irgendeines besonderen Glücksfalles zu hegen, erfreue ich mich vollkommener Erheiterung. Fast wage ich nicht zu denken, wie glücklich ich bin. Auch streift in den Wäldern der Mensch seine Jahre ab wie eine Schlange ihre Haut, und ist, in welchem Jahre seines Lebens er auch stehen mag, doch immer ein Kind. In den Wäldern ist immerwährende Jugend. In diesen Pflanzungen Gottes herrscht Würde und Heiligkeit, eine immerwährende Festlichkeit wird bereitet, und kein Gast vermag zu erkennen, wie er in tausend Jahren ihrer überdrüssig werden sollte. In den Wäldern kehren wir zur Vernunft und zum Glauben zurück. Dort fühle ich, daß mich im Leben nichts treffen kann – keine Schande, kein Unheil (solange mir die Augen erhalten bleiben), was nicht die Natur heilen kann. Wenn ich auf dem kahlen Erdboden stehe – meinen Kopf in die heitere Luft getaucht und in den unendlichen Raum erhoben –, schwindet alle eitle Selbstgefälligkeit dahin. Ich werde zu einem durchsichtigen Augapfel; ich bin nichts; ich sehe alles; die Ströme des universellen Wesens durchwogen mich; ich bin ein Teil oder Splitter Gottes. Der Name des engsten Freundes klingt dann fremdartig und wie zufällig: Brüder oder Bekannte, Herr oder Diener, alles erscheint wie eine bedeutungslose Kleinigkeit und wirkt wie eine Störung. Ich liebe die unendliche und unsterbliche Schönheit. In der Wildnis finde ich etwas Wertvolleres und Verwandteres als auf den Straßen und in den Dörfern. In der ruhigen Landschaft, und besonders in der weit entfernten Linie am Horizont, erblickt der Mensch etwas, das so schön ist wie seine eigene Natur.

Die größte Wohltat, die uns Felder und Wälder gewähren, ist die Idee einer geheimen Verwandtschaft zwischen dem Menschen und der Pflanzenwelt. Ich bin nicht allein und unerkannt. Sie neigen sich mir zu, und ich neige mich ihnen zu. Das Schwingen der Zweige im Sturm kommt mir neuartig und doch wieder altbekannt vor. Es überrascht mich, und doch ist es mir nicht unbekannt. Seine Wirkung ist wie die eines höheren Gedankens oder einer edleren Gemütsbewegung, die über mich kommt, wenn ich meinte, ich dächte richtig und handelte recht.

Doch gilt es als sicher, daß die Kraft, die diese Freude hervorruft, nicht der Natur innewohnt, sondern dem Menschen oder der Harmonie zwischen Mensch und Natur. Es ist notwendig, sich diesen Vergnügen nur mit der allergrößten Mäßigung hinzugeben. Denn nicht immer ist die Natur in ihrem Festtagsgewand geschmückt, sondern eine Gegend, die noch gestern Wohlgerüche ausatmete und im Glanz sich zeigte, wie für den Frohsinnstanz der Nymphen, ist heute schon umweht von Melancholie. Die Natur trägt stets die Farben des Geistes. Für denjenigen Menschen, der unter Trübsal leidet, ist die Glut seines eigenen Feuers voll der Traurigkeit. Es gibt eine bestimmte Art von Geringschätzung der Natur gegenüber, die derjenige empfinden kann, der gerade einen lieben Freund durch den Tod verloren hat. Der Himmel erscheint nicht mehr so großartig, wenn er sich über Menschen wölbt, für die er an Wichtigkeit eingebüßt hat.

# Dienlichkeit

Wer auch immer über den letzten Grund der Natur nachdenkt, wird in ihr viele Mittel erkennen, die als Teile in jenes Ganze einfließen. Sie alle kann man unter einem der folgenden Gesichtspunkte einordnen: Dienlichkeit, Schönheit, Sprache und Schulung.

Unter der allgemeinen Bezeichnung Dienlichkeit reihe ich all jene Vorzüge ein, die unsere Sinne der Natur verdanken. Diese Gunst ist natürlich zeitlich und mittelbar und nicht elementar, wie ihr Dienst an der Seele es ist. Doch obschon gering, ist er doch vollkommen in seiner Art und der einzige Nutzen der Natur, den alle Menschen als solchen einsehen. Das Elend des Menschen erscheint wie eine kindische Verdrießlichkeit, wenn wir die beständige und freigebige Fürsorge erforschen, die für des Menschen Unterhalt und zu seiner Freude gewährt wird auf diesem grünenden Erdball, der uns durch die Himmel trägt. Welche Engel erfanden diese glänzende Zierde, diese kostbaren Füglichkeiten, dieses Luftmeer über uns, diesen Ozean zu unseren Füßen und das weite Erdenrund zwischen beiden? Diesen Sternenkreis, dieses Zelt von Regenwolken, dieses gestreifte Gewand der Erdenzonen, dieses vierfältige Jahr? Tiere, Feuer, Wasser, Steine und Korn dienen dem Menschen. Das Feld ist zugleich sein fester Boden, seine Arbeitsstätte, sein Spielplatz, sein Garten und seine Ruhestätte.

»Des Menschen Dienerschar
ist größer, als er denkt.«

Die Natur ist in ihrem Dienst für den Menschen nicht nur der Stoff, sondern auch das Werden und das Ergebnis. Alle Teile fügen sich unentwegt zum Wohle des Menschen. Der Wind sät die Saat; die Sonne verdunstet das Meer; der Wind treibt die Wolken auf das Feld; auf der anderen Seite des Planeten verflüssigt das Eis sich zu Regen; der Regen nährt die Pflanze; die Pflanze nährt das Tier, und so erhalten die endlosen Kreisläufe göttlicher Barmherzigkeit den Menschen.

Die nützlichen Künste sind Nachschaffungen oder neue Zusammenstellungen der gleichen natürlichen Wohltaten durch des Menschen Kunstfertigkeit. Er wartet nicht länger mehr auf günstige Winde, sondern läßt mit Hilfe des Dampfes die Fabel vom

Schlauche des Äolos Wirklichkeit werden und steckt die zweiunddreißig Winde in den Kessel seines Schiffes. Um die Reibung zu vermindern, pflastert er den Weg mit Eisenschienen. Er besteigt einen Wagen, mit einer Menge Menschen, Tiere und auch Waren hinter sich, und eilt so über das Land dahin, von Stadt zu Stadt, wie ein Adler oder eine Schwalbe in der Luft. Wie hat sich das Antlitz der Erde durch all diese Hilfsmittel vom Zeitalter Noahs bis zu dem des Napoleon verändert! Auch einem armen Menschen stehen Städte, Schiffe, Kanäle und Brücken zur Verfügung. Er geht zum Postamt, und das Menschengeschlecht führt seinen Auftrag aus; er geht zum Buchladen, und für ihn liest und schreibt das Menschengeschlecht von allem, was geschieht; er betritt das Gerichtsgebäude, und die Nationen stehen bereit, seine Untaten wiedergutzumachen. Er baut sein Haus an der Straße, und das Menschengeschlecht tritt jeden Morgen hervor, den Schnee fortzuschaufeln, um so einen Weg für ihn zu bahnen.

Aber es ist ja gar nicht notwendig, zu diesem Bereich des Nutzens Einzelheiten zu benennen. Die Liste ist endlos, und die Beispiele sind so einleuchtend, daß ich sie der Betrachtung des Lesers überlassen möchte, nicht aber ohne die allgemeine Bemerkung, daß dieser käufliche Segen sich auf ein weiteres Gut bezieht. Ein Mensch wird versorgt, nicht einfach um versorgt zu sein, sondern damit er wirke.

# Schönheit

Einem edleren Bedürfnis des Menschen ist die Natur dienlich, nämlich der Liebe zur Schönheit.

Die alten Griechen nannten die Welt *κόσμος*, Schönheit. Derart ist die Beschaffenheit aller Dinge, derart die bildenden Kräfte des menschlichen Auges, daß die ursprünglichen Formen, wie der Himmel, der Berg, der Baum, das Tier, uns ein Wohlgefallen bereiten, das wir *an ihnen und für sie* empfinden; ein Wohlgefallen, das uns zukommt durch Linie, Bewegung und Anordnung. Dies scheint teilweise von dem Auge selbst abzuhängen. Das Auge ist der größte Künstler. Durch die wechselseitige Tätigkeit seines Gefüges und der Gesetze des Lichtes entsteht die Perspektive, die jeden Gegenstand, welcher Art er auch immer sein mag, in ein Erdenrund einschließt, das ausgewogen ist in Farbe, Licht und Schatten. Wenn auch die einzelnen Gegenstände geringbedeutend und ohne Reiz sind, so hat die Landschaft, die sie zusammen ausmachen, Form und Ebenmaß. Und wie das Auge alles aufs beste zusammenfügt, so ist das Licht der größte Maler. Kein Ding ist so häßlich, daß nicht die Kraft des Lichtes es schön machen würde. Und der Reiz, mit dem es auf die Sinne wirkt, eine Art Unbegrenztheit wie Raum und Zeit, machen alle Dinge heiter. Selbst der Leichnam hat seine eigene Schönheit. Aber neben dieser allgemeinen Grazie, die in der Natur ausgebreitet liegt, sind fast alle einzelnen Formen dem Auge gefällig. Der Beweis dafür ist erbracht, wenn wir unsere endlosen Nachbildungen einiger dieser Formen betrachten, wie die Eichel, die Traube, den Tannenzapfen, die Weizenähre, das Ei, den Flügel und die Körper der meisten Vögel, die Löwenklaue, die Schlange, den Schmetterling, die Seemuschel, Flammen, Wolken, Knospen, Blätter und die Gestalt vieler Bäume, wie die der Palme.

Wir können die Gesichtspunkte zur Schönheit einer einfacheren Betrachtungsweise zuliebe in drei Bereiche aufteilen:

1. Zunächst ist die einfache Wahrnehmung der natürlichen Formen eine Freude. Der Einfluß der Formen und Vorgänge in der Natur ist so notwendig für die Menschen, daß er schon in seiner niedrigsten Wirksamkeit an Dienlichkeit und Schönheit zu grenzen scheint. Auf Leib und Seele, die durch schädliche Arbeit oder schädlichen Umgang zusammenge-

krampft sind, wirkt die Natur heilsam und stellt die Harmonie wieder her. Kaufmann und Anwalt fliehen das Getöse und das Treiben der Straßen; kaum erblicken sie wieder den freien Himmel und die Wälder, und sie sind wieder Mensch. In ihrem ewigen Frieden findet er sich selbst wieder. Die Gesundheit des Auges scheint nach dem Horizont zu verlangen. Wir sind niemals müde, solange wir noch weit sehen können.

Dann, zu anderen Zeiten, befriedigt die Natur allein schon durch ihre Lieblichkeit, ohne daß dabei körperliches Wohlgefallen empfunden wird. Ich betrachte das Schauspiel des Morgens vom Berggipfel drüben, oberhalb meines Hauses, vom Tagesanbruch bis zum Sonnenaufgang, mit Empfindungen, die ein Engel mit mir teilen könnte. Die langgezogenen schlanken Wolkenstreifen schwimmen wie Fische in einem karmesinroten Lichtmeer. Wie von einem Ufer blicke ich von der Erde aus in jenes friedvolle Meer. Ich scheine teilzuhaben an seinen raschen Umschwüngen; ein wirkender Zauber reicht bis her zu dem Staube unter meinen Füßen, und ich ströme aus und verbinde mich mit dem Morgenwind. Wie vergöttlicht uns die Natur mit ein paar einfachen Elementen. Gebt mir Gesundheit und einen Tag dazu, und ich lache über allen Pomp der Herrscher. Die Morgendämmerung ist mein Assyrien, der Sonnenuntergang und der Aufgang des Mondes mein Paphos und unvorstellbare Feenreiche; der helle Mittag soll mein England der Sinne und des Verstandes sein, die Nacht mein Deutschland der mystischen Philosophie und der Träume.

Nicht weniger prachtvoll, abgesehen von unserer verminderten Empfänglichkeit am Nachmittag, war am gestrigen Abend der Zauber des Januar-Sonnenunterganges. Die Wolken am westlichen Himmel teilten sich und teilten sich wieder in nelkenfarbene Flöckchen, abgetönt mit Tupfern unaussprechlicher Sanftheit; und die Luft war so sehr voll des Lebens und der Süße, daß es mir schmerzlich war, in das Innere des Hauses zurückzukehren. Was wollte die Natur mir sagen? Lag denn keine Bedeutung in dem Ruhepunkt des Lebens im Tale hinter der Mühle – eine Bedeutung, die nicht Homer und nicht Shakespeare für mich in Worten nach-bilden könnten? Die blätterlosen Baumkronen werden zu Flammenkegeln im Sonnenuntergang mit dem in Blau getauchten Osten als Hintergrund, und die Sterne der toten Blumenkelche und all die welken Stiele und Stoppeln im Rauhreif stimmen ein in die stumme Harmonie.

Die Städter glauben, der Reiz einer Landschaft sei

beschränkt auf nur die eine Hälfte des Jahres. Ich hingegen finde auch großes Gefallen an den Segnungen einer Winterlandschaft und glaube, wir werden von ihr genauso berührt wie von den fröhlich-heiteren Stimmungen des Sommers. Dem aufmerksamen Auge erscheint jeder Augenblick des Jahres in seiner eigenen Schönheit, und es erblickt in der gleichen Gegend zu jeder Stunde ein Bild, das noch niemals zuvor gesehen werden konnte und niemals wiederkehren wird. Der Himmel verändert sich fortwährend und taucht die Erde unter ihm einmal in Glanz und einmal in Düsterkeit. Der Stand der Aussaat auf den Farmen ringsumher verändert das Antlitz der Erde von Woche zu Woche. Die Blütenfolge der heimischen Pflanzen auf Wiesen und am Wegesrand, diese stille Uhr, die die Stunden des Sommers anzeigt, wird einem scharfen Beobachter sogar den Ablauf einzelner Tage offenbaren. Die Schwärme der Vögel und Insekten sind wie die Pflanzen pünktlich zu ihrer Stunde, sie folgen einander, und der Jahreskreis bietet für sie alle genügend Raum. Noch größer ist die Mannigfaltigkeit entlang den Wasserläufen. Im Juli blüht die blaue Pontaderia oder Sumpfkresse in großen Feldern an den seichten Stellen unseres lieblichen Flusses, und gelbe Schmetterlinge gaukeln mit ihnen im Reigen. Die Kunst kann mit dieser

Pracht in Purpur und Gold nicht wetteifern. Fürwahr, der Fluß tritt immer im Festgewand auf und frohlockt allmonatlich in neuer Pracht.

Aber diese Schönheit der Natur, die als Schönheit gesehen und auch empfunden wird, ist nur ihr geringster Teil. Der Glanz des Tages, der Morgentau, der Regenbogen, Berge, Obstgärten in Blütenpracht, Sterne, Mondschein, Schatten in reglosem Wasser und dergleichen mehr werden zu bloßem Schein, wenn wir ihnen zu eifrig nachgehen, und spotten unser mit ihrer Unwirklichkeit. Tritt hervor aus deinem Haus, um den Mond zu sehen, und er ist nur Flitterwerk. Er wird dir jetzt nicht so gefallen wie auf einer dringenden Reise, wenn dann sein Licht den Weg dir erleuchten wird. Die Schönheit, die an goldgelben Nachmittagen im Oktober schimmert, wer könnte sie jemals einfangen? Schreite vor, sie zu finden, und sie entschwindet; sie ist nur eine Täuschung für dich, der du emsig nach ihr Ausschau hältst.

2. Die Gegenwart eines höheren, namentlich des geistigen Elements ist grundlegend für ihre Vollkommenheit. Die erhabene und göttliche Schönheit, die ohne Weichlichkeit geliebt werden kann, ist diejenige, die man in Verbindung mit dem menschlichen Willen finden kann. Schönheit ist das Merkmal, wel-

ches Gott der Tugend aufprägt. Jede natürliche Tätigkeit ist voller Anmut. Jede heldenhafte Tat ist in diesem Sinne von bescheidener Anmut und läßt den Ort und die Umstehenden in ihrem Glanze erstrahlen. Große Taten lehren uns, daß das Universum jedem einzelnen Wesen gehört, das es bewohnt. Jedes vernunftbegabte Wesen besitzt die Natur gleichsam als Mitgift und Erbe. Sie gehört jedem, der sie will. Er mag auf sie verzichten wollen, in einen Winkel sich verkriechen, dem Throne so entsagen wollen, wie es ja die meisten Menschen tun, doch stets hat er durch seine Beschaffenheit ein Anrecht auf diese Welt. Nach Maßgabe der Kräfte seines Denkens und seines Wollens nimmt er sie in sich auf. »All die Dinge, für welche Menschen pflügen, bauen und segeln, gehorchen der Tugend«, sagt Sallust. »Wind und Wogen«, sagt Gibbon, »sind immer auf der Seite des geschicktesten Steuermannes.« Und so die Sonne, der Mond und all die Sterne am Himmel. Wenn eine edle Tat vollbracht wird – vielleicht auf einem Schauplatz großer Naturschönheit; wenn Leonidas und seine dreihundert Märtyrer einen Tag dem Opfertod weihen und Sonne und Mond hervorkommen, um sie zu grüßen, wenn sie in den Tiefen der Thermopylen sterben; wenn Arnold Winkelried hoch oben in den Alpen, im Schatten der Lawinen, die Speere der Österreicher mit seinen Armen zusammenrafft und sie sich in die Brust bohrt, um so seinen Kameraden eine Bresche zu schlagen; sind nicht diese die Helden, die zur Schönheit der Gegend die Schönheit der Tat hinzufügen? Wenn das Schiff des Kolumbus sich der Küste Amerikas nähert – vor ihm der Strand mit den Wilden, die aus ihren Schilfrohr-Hütten herbeilaufen, hinter ihm das Meer und die purpurnen Berge der westindischen Inseln ringsumher; können wir dann den Menschen von dem lebendigen Bilde trennen? Sind nicht Palmenhaine und Grasebenen das angemessene Gewand, in das die Neue Welt sie hüllen kann? Stets strömt die Naturschönheit ein wie Luft und umhüllt große Taten. Als Sir Henry Vane, auf einem Schlitten sitzend, zum Towerhügel geschleppt wurde, um als Kämpfer für die englischen Gesetze hingerichtet zu werden, rief einer aus der Menge ihm zu: »Nie zuvor saßest du auf einem ruhmreicheren Sessel!« Karl II. ließ, um die Londoner einzuschüchtern, den Patrioten Lord Russell in einem offenen Wagen durch die Hauptstraßen der Stadt zum Schafott fahren. »Aber die Masse des Volkes«, so berichtet sein Biograph, »glaubte an seiner Seite sitzend die Freiheit und die Tugend zu erkennen.«

Im gewöhnlichen Leben, sei es auch unter Kehricht

und Unrat, scheint eine wahrhaftige und heldenhafte Tat sogleich den Himmel als ihren Tempel und die Sonne als ihr Licht auf sich herabzuziehen. Die Natur streckt ihre Arme aus, den Menschen zu umfangen, wenn nur seine Gedanken von ebensolcher Größe sind. Willig begleitet sie all seine Wege mit Rosen und Veilchen und neigt sich in ihrer Pracht und Würde herab, ihr Lieblingskind zu schmücken. Laß nur seine Gedanken von gleicher Weite sein, und der Rahmen wird zum Bilde passen. Ein tugendhafter Mensch steht mit ihren Werken im Einklang und bildet den Mittelpunkt der sichtbaren Sphäre. Homer, Pindar, Sokrates und Phokion sind in unserer Vorstellung untrennbar mit Luft und Landschaft Griechenlands verbunden. Der sichtbare Himmel und die Erde gesellen sich zu Jesus. Und wer auch immer im Alltagsleben einen Menschen mit starker Persönlichkeit und glücklichem Genius getroffen hat, wird bemerkt haben, wie leicht dieser alles mit sich riß – Personen, Meinungen, das Tagesgeschehen und die Natur wurden diesem einen Menschen untergeordnet.

3. Es gibt noch einen anderen Gesichtspunkt, unter dem die Schönheit der Natur gesehen werden kann, namentlich, wenn sie ein Gegenstand des Intellekts wird. Neben ihrer Beziehung zur Tugend haben die

Dinge eine Beziehung zum Denken. Der Intellekt sucht die absolute Ordnung der Dinge, wie sie im Geiste Gottes bestehen, ohne Rücksicht zu nehmen auf die Färbung durch die Leidenschaften. Die Verstandeskräfte und die Willenskräfte scheinen einander zu folgen, und die ausschließliche Tätigkeit der einen erzeugt die ausschließliche Tätigkeit der anderen. Im Wettstreit aufeinander bezogen, sind sie wie die abwechselnden Perioden der Nahrungsaufnahme und der Bewegung bei Tieren; das eine das andere vorbereitend und nach sich ziehend. Deshalb bleibt die Schönheit, die, wie wir gesehen haben, nicht durch unsere Tätigkeit aufzusuchen ist, ja, die darum kommt, weil sie ungesucht ist, bestehen für das Ergriffenwerden und die Betätigung durch den Verstand, und dann wieder, im Wechsel, durch die tätige Willenskraft. Nichts Göttliches stirbt. Alles Gute schafft ewig Gutes. Die Schönheit der Natur bildet sich wieder im Geiste der Menschen und dies nicht für unfruchtbare Betrachtung, sondern um Neues zu schaffen.

Alle Menschen werden in einem gewissen Grade durch das Antlitz der Welt beeindruckt, einige Menschen werden sogar in Entzücken versetzt. Diese Liebe zur Schönheit ist Geschmack. Wieder andere haben diese Liebe in einem solchen Maße, daß sie sich nicht mit der Bewunderung zufriedengeben, sondern versuchen, sie in neuen Formen zu verkörpern. Die Schöpfung von Schönheit ist Kunst.

Das Hervorbringen eines Kunstwerkes wirft Licht auf das Geheimnis der Menschheit. Ein Kunstwerk ist eine Abstraktion oder ein Auszug der Welt, ein Ergebnis oder Ausdruck der Natur im kleinen. Denn obgleich die Werke der Natur unzählbar und ganz verschiedener Art sind, ist aber doch ihr Ergebnis oder ihr Ausdruck ähnlich und einzig. Die Natur ist ein Meer von Formen, die von Grund aus gleich, sogar einzig in ihrer Art sind. Ein Blatt, ein Sonnenstrahl, eine Landschaft, der Ozean, sie machen einen übereinstimmenden Eindruck auf den Geist. Was ihnen allen gemeinsam ist – jene Vollkommenheit und Harmonie, das macht die Schönheit aus. Der Maßstab der Schönheit ist der gesamte Umkreis der natürlichen Formen – die Gesamtheit der Natur, was die Italiener ausdrücken, wenn sie »il più nell'uno« sagen. Nichts einzelnes ist vollkommen schön, nur innerhalb des Ganzen ist es schön. Ein einzelner Gegenstand ist nur insoweit schön, als er diese Anmut des Universums ahnen läßt. Der Dichter, der Maler, der Bildhauer, der Musiker, der Architekt, sie alle suchen diese Strahlungen der Welt in einem Punkte zusammenzufassen, und ein jeder sucht in seinem Werk der

Liebe zur Schönheit gerecht zu werden, die ihn zum Schaffen anregt. So ist die Kunst eine durch die Schaffenskräfte des Menschen hindurchgegangene Natur. Sie wirkt in der Kunst durch den Willen eines Menschen, der erfüllt ist mit der Schönheit ihrer ersten Werke.

So besteht die Welt für die Seele, um deren Durst nach Schönheit zu stillen. Dieses Element nenne ich einen letzten Grund. Keine Ursache für das Streben der Seele nach Schönheit kann erfragt oder erfahren werden. Schönheit, in ihrem weitesten und tiefsten Sinne, ist ein Ausdruck für das Universum. Gott ist das All-Schöne, von dem Wahrheit, Güte und Schönheit nur verschiedene Ausprägungen sind. Aber Schönheit in der Natur ist nicht das Höchste. Sie ist der Herold einer inneren und ewigen Schönheit und nicht nur ein sicheres und befriedigendes Gut. Sie muß verstanden werden als ein Teil und nicht schon jetzt als der letzte und höchste Ausdruck des Urgrundes der Natur.

# Die Sprache

Die Sprache ist ein dritter Nutzen, den die Natur dem Menschen gewährt. Die Natur ist die Mittlerin des Denkens. Sie ist dies in einfachem, zweifachem und dreifachem Grade.

1. Wörter sind Zeichen natürlicher Tatsachen.
2. Bestimmte natürliche Tatsachen sind Symbole einzelner geistiger Tatsachen.
3. Die Natur ist das Symbol des Geistes.

1. Wörter sind Zeichen natürlicher Tatsachen. Der Nutzen der Naturgeschichte besteht darin, uns eine Hilfe zu leisten bei der übernatürlichen Geschichte; der Nutzen der äußeren Schöpfung besteht darin, uns eine Sprache für Wesen und Wandel der inneren Schöpfung zu geben. Jedes einzelne Wort, das wir gebrauchen, um einen moralischen oder intellektuellen Sachverhalt auszudrücken, erweist sich, auf die Wurzel zurückgeführt, als von einer materiellen Erscheinung entliehen. *Richtig* bedeutet ursprünglich *geradlinig; falsch* bedeutet *verdreht. Geist* bedeutet vorrangig *Atem; Übergang, das Überschreiten*

*einer Grenze; Hochmut* das *Hochziehen der Augenbrauen*. Wir sagen *Herz*, um eine *Gemütsbewegung* zu kennzeichnen, *Kopf*, um das *Denken* zu benennen. *Denken* und *Fühlen* sind Worte, die entliehen sind von sinnlichen Dingen und die nun auf die geistige Natur übertragen werden. Das Wesentliche an dem Prozeß, durch den die Übertragung geschieht, ist in einer vergangenen Zeit verborgen, als die Sprache gebildet wurde; dennoch kann die gleiche Neigung täglich an Kindern beobachtet werden. Kinder und Wilde gebrauchen nur Nennworte und Namen für Dinge, die sie dann in Zeitwörter umwandeln und auf analoge geistige Vorgänge anwenden.

2. Dieser Ursprung aller Wörter, die einen geistigen Gehalt ausdrücken – eine in der Geschichte der Sprache bemerkenswerte Tatsache –, ist das Geringste, was wir der Natur verdanken. Nicht nur Wörter sind emblematisch, sondern auch die Dinge selbst sind es. Jede natürliche Tatsache ist ein Symbol einer geistigen Tatsache. Jede Erscheinung in der Natur entspricht einem Zustand des Geistes, der nur beschrieben werden kann, indem die natürliche Erscheinung als sein Bild aufgefaßt wird. Ein wütender Mensch ist ein Löwe, ein schlauer Mensch ist ein Fuchs, ein standhafter Mensch ist ein Felsen, ein gebildeter eine Fackel. Das Lamm steht für Un-

schuld, die Schlange für hinterlistige Tücke; in Blumen drücken sich uns die zarten Empfindungen aus. Licht und Finsternis sind unsere gebräuchlichsten Ausdrücke für Erkenntnis und Unwissenheit, wie Glut für Liebe. Der sichtbare Raum hinter uns und vor uns ist gleichsam unser Bild für Erinnerung und Hoffnung.

Wen erinnert nicht ein Fluß, in einer meditativen Stimmung betrachtet, an das Fließen aller Dinge? Wirf einen Stein in das Wasser, und die sich ausbreitenden Wellenkreise geben dir ein schönes Bild für jede Art von Einfluß. Der Mensch ist sich einer universellen Seele bewußt, die in oder hinter seinem eigenen Leben waltet und in der, wie an einem Firmament, das Wesen der Gerechtigkeit, der Wahrheit, der Liebe und der Freiheit ersteht und strahlt. Diese universelle Seele nennt er Vernunft. Sie gehört nicht mir oder dir oder jenem, sondern wir gehören ihr, wir sind gleichsam ihr Eigentum und Diener. Und der blaue Himmel, in dem unsere vertraute Erde geborgen ist, das Himmelszelt mit seiner unendlichen Ruhe, angefüllt mit unvergänglichen Gestirnen, ist das Urbild der Vernunft. Was wir, verstandesmäßig erfaßt, Vernunft nennen, das nennen wir, in Beziehung zur Natur gesehen, Geist. Geist ist der Schöpfer. Geist hat Leben in sich selbst. Und zu allen

Zeiten und in allen Ländern bringt der Mensch ihn in seiner Sprache zum Ausdruck als: der VATER.

Man sieht leicht ein, daß in diesen Analogien nichts liegt, was vom Glück oder einer Laune abhängt, sondern daß sie beständig sind und die Natur durchdringen. Sie sind nicht die Träume einiger Poeten, hier oder dort, sondern der Mensch ist Analogist und sucht nach Beziehungen unter allen Dingen. Er ist in das Zentrum der Wesen hineingestellt, und Beziehungen strahlen von allem anderen Sein zu ihm herüber. Weder kann der Mensch ohne diese Objekte, noch können diese Objekte ohne den Menschen verstanden werden. Alle Tatsachen in der Naturgeschichte sind, für sich betrachtet, wertlos und unfruchtbar, geradeso wie das einzelne Geschlecht. Aber vermähle sie mit der menschlichen Geschichte, und sie sind voller Leben. All die vielen Bände über die Flora, die Bände von Linnäus und Buffon sind trockene Aufzählungen von Tatsachen. Die gewöhnlichste dieser Tatsachen jedoch, wie die allgemeine Erscheinung einer Pflanze, die Organe, die Lebendigkeit oder das Geräusch eines Insekts, berührt uns dann in der lebendigsten und angenehmsten Weise, wenn wir sie anwenden auf die Darstellungen einer Tatsache in der Verstandesphilosophie oder wenn wir sie auf irgendeine Weise mit der menschlichen Natur verbinden. Das Samenkorn einer Pflanze – zu welch ergreifenden Analogien zur Natur des Menschen ist diese kleine Frucht schon herangezogen worden, bis hin zur Mahnung des Paulus, der den menschlichen Leib das Saatkorn nennt – »Es wird gesät ein natürlicher Leib und wird auferstehen ein geistiger Leib.« Die Bewegung der Erde um ihre Achse und um die Sonne bewirkt die Tage und die Jahreszeiten, die nur durch ihre Fülle von Licht und Wärme unterschieden werden können. Aber besteht denn zwischen des Menschen Leben und den Jahreszeiten nicht wieder eine Entsprechung? Und gewinnen die Jahreszeiten durch diese Entsprechung nicht an Erhabenheit und Pathos? Die Instinkte der Ameise sind, als bloße Ameiseninstinkte betrachtet, weitgehend unbedeutend. Sobald wir aber erkennen, daß ein Strahl herüberspringt zum Menschen, der eine Beziehung zu der Ameise andeutet und uns dieser kleine Lastenträger, dieser kleine Körper mit einem so großen Herzen, als Mahner erscheint, bekommen all seine Gewohnheiten, auch die unlängst beobachtete, daß sie niemals schläft, einen Schein des Erhabenen.

Wegen dieser zugrundeliegenden Entsprechungen zwischen den sichtbaren Dingen und den menschlichen Gedanken sprechen die Wilden, die nur über das verfügen, was notwendig ist, in Bildern. Wenn wir in der Geschichte zurückgehen, wird die Sprache bildhafter, bis hin zu ihrer Kindheit, wo sie ganz Poesie ist. Oder: Alle geistigen Tatsachen werden dargestellt durch natürliche Symbole. Man findet, daß die gleichen Symbole die ursprünglichen Elemente aller Sprachen ausmachen. Darüber hinaus hat man beobachtet, daß die Redewendungen aller Sprachen sich in ihrer höchsten Ausprägung und Kraft einander nähern. Und wie dies die erste Sprache ist, so ist sie auch die letzte. Diese direkte Abhängigkeit der Sprache von der Natur, diese Umbildung einer äußeren Erscheinung in einen Typus von etwas im menschlichen Leben Liegendem, verliert niemals seine Kraft, uns zu bewegen. Dies ist es auch, was den Aussprüchen eines urwüchsigen Bauern oder eines Landnaturells jene Würze gibt, die doch alle zu schätzen wissen.

Eines Menschen Kraft, seine Gedanken mit dem passenden Symbol zu verknüpfen und diesem dann Ausdruck zu verleihen, hängt von der Unbefangenheit seines Wesens ab, das heißt, von seiner Liebe zur Wahrheit und seinem Streben, diese ohne Einbuße auszudrücken. Dem Verfall des Menschen folgt der Verfall der Sprache. Wenn die Lauterkeit des Charakters und die Reinheit der Ideen abgelöst wird durch die Vorherrschaft nebensächlicher Begierden –

das Streben nach Reichtum, Vergnügen, Macht und Ruhm – und Doppelzüngigkeit und Falschheit an die Stelle von Lauterkeit und Wahrheit treten, geht die Gewalt über die Natur als Vermittlerin des Willens in gewissem Grade verloren. Neue Vorstellungsbilder werden nicht mehr geschaffen, und alte Worte werden verdreht, um für Dinge zu stehen, die nicht sind. Papiergeld wird eingeführt, wenn in den Schatzkammern keine Werte mehr sind. Der Betrug wird zur rechten Zeit offenkundig, und die Worte verlieren alle Kraft, das Verstehen oder die Empfindungen anzuregen. In jeder älteren, schon zivilisierten Kulturnation mag man Hunderte von Schriftstellern finden, die für eine kurze Zeit glaubten und andere glauben machten, daß sie alle Wahrheiten erkennen und ausdrücken. Diese können aus sich heraus keinen Gedanken in sein natürliches Gewand hüllen; sie zehren unbewußt von der Sprache, die geschaffen wurde von den einstmaligen Schriftstellern des Landes, namentlich von denjenigen, die sich vorrangig an die Natur hielten.

Aber weise Menschen durchschauen diese verderbte Sprache und machen Worte wieder an sichtbaren Dingen fest. So wird die bildliche Sprache sogleich eine zwingende Versicherung dafür, daß derjenige, der sie gebraucht, mit der Wahrheit und mit

Gott im Bunde steht. Sobald sich unsere Rede über das Niveau der vertrauten alltäglichen Tatsachen zu erheben vermag und in Leidenschaft entflammt oder erhoben wird durch das Denken, kleidet sie sich selbst in Bilder. Ein Mensch, der mit Ernst redet, wenn er nur dabei seine Verstandestätigkeit im Auge behält, wird herausfinden, daß mit jedem Gedanken ein mehr oder weniger leuchtendes materielles Bild in seinem Bewußtsein ersteht, das dem Gedanken Gestalt verleiht. Daher sind gute Schriften und brillante Konversation beständige Allegorien. Diese Vorstellungswelt ist spontan. Sie ist die Verschmelzung der Erfahrung mit der gegenwärtigen Tätigkeit des Geistes. Sie ist wirkliche Schöpfung. In ihr schafft der Urgrund vermittels der Werkzeuge, die bereits geschaffen sind.

Diese Tatsachen mögen hindeuten auf den Vorteil, den das Landleben für einen kraftvollen Geist bietet, gegenüber dem künstlichen und beschränkten Leben in den Städten. Wir erfahren von der Natur mehr, als wir willentlich mitzuteilen fähig sind. Ihr Licht strömt immerdar in uns Menschen ein, und wir vergessen ihre Gegenwart. Der Dichter, der Redner, der aufwuchs in den Wäldern und dessen Sinne genährt wurden von ihren schönen und befriedenden Verwandlungen, Jahr für Jahr, ohne Ziel und ohne Eile –

er wird auch im Tosen der Städte und bei den Streitereien der Politik nie diese Lehrstunden gänzlich vergessen. Viel später, inmitten von Aufruhr und Terror in Volksversammlungen – in der Stunde der Revolution –, werden diese feierlichen Vorstellungsbilder wiedererstehen in ihrem Morgenglanz als passende Symbole und Worte der durch die vorüberziehenden Ereignisse erweckten Gedanken. Bei der Mahnung durch eine edle Empfindung rauschen wieder die Wälder, raunen die Fichten noch einmal, der Fluß eilt wieder dahin und erglänzt aufs neue, und auch das Vieh ruht auf den Bergen, gerade wie einst in seiner Kindheit. Und mit diesen Erscheinungen, diesen Zauberformeln der Überzeugungskraft, sind ihm die Schlüssel zur Macht in seine Hand gegeben.

3. So helfen uns natürliche Dinge im Ausdruck der einzelnen Bedeutungen. Welche gewaltige Sprache, und wie bedeutungslos oft die Mitteilungen! Bedurfte es solch edler Geschlechter von Geschöpfen, dieser Überfülle von Formen, dieser Heerscharen der himmlischen Körper, den Menschen auszustatten mit dem Wortschatz und der Grammatik seiner Alltagsgespräche? Im Gebrauch dieses gewaltigen Schlüssels für unsere gemeinen Zwecke erahnen wir, daß wir noch nicht den eigentlichen Gebrauch davon machen

und auch nicht dazu imstande sind. Wir sind wie der Reisende, der die heiße Schlacke eines Vulkanes benutzt, um darauf Eier zu braten. Während wir erkennen, daß die Sprache immer bereitsteht, dasjenige in Worte zu kleiden, was wir ausdrücken wollen, können wir uns nicht der Frage entziehen, ob das Wesen der Dinge nicht seine Bedeutung in sich selbst trägt. Haben Berge, Wogen und Wellen und der Himmel nur die Bedeutung, die wir ihnen dann bewußt geben, wenn wir sie als Embleme unserer Gedanken einsetzen? Die Welt ist emblematisch. Ganze Bereiche unserer Sprache sind Metaphern, da die ganze Natur eine Metapher des menschlichen Bewußtseins ist. Die Gesetze der geistigen Natur entsprechen denen des Materiellen wie das Antlitz seinem Spiegelbilde. »Die sichtbare Welt und das Verhältnis der Teile untereinander ist das Zifferblatt des Unsichtbaren.« Die physikalischen Axiome übersetzen die ethischen Prinzipien: »Das Ganze ist größer als seine Teile«; »Aktion gleich Reaktion«; und »Mit dem kleinsten Gewicht kann man das größte heben, wenn der Gewichtsunterschied durch ein Mehr an Zeit ausgeglichen wird«, und viele andere vergleichbare Lehrsätze, die sowohl eine ethische als auch physikalische Bedeutung haben. Auf das menschliche Leben angewendet, haben diese Lehrsätze eine ausgedehntere und universellere Bedeutung als in der Beschränkung auf den technischen Anwendungsbereich.

In ähnlicher Weise bestehen die erinnerungswürdigen Aussprüche der Geschichte und die Sprichwörter der Völker gewöhnlich aus einer natürlichen Tatsache, die als Bild oder Parabel für eine geistige Wahrheit herangezogen wird, wie etwa die folgenden: Auf einem rollenden Stein wächst kein Moos; ein Spatz in der Hand ist besser als eine Taube auf dem Dach; ein Lahmer auf dem rechten Pfade schlägt den Wettläufer auf dem falschen; bring das Heu ein, solange die Sonne scheint; schwer ist es, den vollen Krug zu tragen; Essig ist der Sohn des Weines; das letzte Gramm brach den Rücken des Kamels; langlebige Bäume schlagen zuerst Wurzeln – und viele andere mehr. In ihrer direkten Bedeutung sind dies alles triviale Tatsachen, aber wir gebrauchen sie in ständiger Wiederholung wegen ihres Wertes als Analogien. Was hier für Sprichwörter gilt, gilt für alle Fabeln, Parabeln und Allegorien.

Das Verhältnis zwischen Geist und Materie ist nicht etwa eine Erfindung irgendeines Dichters, sondern liegt im Willen Gottes und kann so von allen Menschen erkannt werden. Entweder wird es dem Menschen offenbar, oder es wird ihm nicht offenbar. Wenn wir in glücklichen Stunden über dieses Geheimnis nachdenken, fragt sich der weise Mensch, ob er nicht die übrige Zeit hindurch blind und taub ist.

»Können solche Dinge sein
Und über uns dahinziehen wie eine Sommerwolke,
Ohn' unser mächtig Staunen?«

Denn das Universum wird durchsichtig, und das Licht höherer Gesetze durchleuchtet es. Es ist das beständige Problem, das seit Anbeginn der Welt jeden großen Geist in Staunen versetzte und zu unermüdlichem Streben drängte, vom Zeitalter der Ägypter und der Brahmanen bis hin zu Pythagoras, Platon, Bacon, Leibniz und Swedenborg. Die Sphinx sitzt dort am Wegesrand, und mit jedem Zeitalter kommt ein Prophet des Weges und erprobt sein Schicksal, indem er versucht, ihr Rätsel zu lösen. Es scheint eine Notwendigkeit im Geist zu geben, sich in materiellen Formen zu offenbaren. Tag und Nacht, Flüsse und Ströme, Säugetier und Vogel, Säuren und Alkalien präexistieren als notwendige Ideen im Geiste Gottes und sind, was sie sind, kraft der vorangegangenen Erregungen in der Welt des Geistigen. Eine Tatsache ist das Ende oder der letzte Ausfluß des Geistes. Die sichtbare Schöpfung ist die Begrenzung oder der Umkreis der unsichtbaren Welt. »Materielle

Objekte«, sagt ein französischer Philosoph, »sind notwendigerweise eine Art Schlacken der substantiellen Gedanken des Schöpfers, die immer eine genaue Beziehung zu ihrem Ursprung bewahren müssen; in anderen Worten, die sichtbare Natur muß eine geistige und moralische Seite haben.«

Diese Lehre ist undeutlich, und obschon die Bilder wie Gewand, Schlacken und Spiegel und so weiter die Phantasie anregen mögen, bedürfen wir der Hilfe feinerer und lebensvollerer Erklärer, um sie uns klarer werden zu lassen. »Jedes Schriftstück muß aus dem gleichen Geiste erklärt werden, der es hervorgebracht.« – Das ist das grundlegende Gesetz der Kritik. Ein harmonisches Leben mit der Natur, die Liebe zur Wahrheit und Tugend, werden dem Verständnis ihres Textes die Augen öffnen. Gradweise können wir so zur Erkenntnis des einfachen Sinnes der beständigen Dinge der Natur gelangen, so daß die Welt wie ein offenes Buch vor uns liegt und jede Form die Bedeutung ihres verborgenen Lebens und letzten Grundes enthüllt.

Ein neues Interesse überrascht uns, wenn wir unter dem hier gegebenen Gesichtspunkt das furchterregende Ausmaß und die große Zahl der Dinge ins Auge fassen, da »jedes Ding, richtig erkannt, ein neues Vermögen der Seele erschließt«. Was unbewußte Wahrheit war, wird, an einem Gegenstand erklärt und umgrenzt, ein Teil des Reiches der Erkenntnis – eine neue Waffe im Arsenal der Kräfte.

# Schulung

Angesichts der Bedeutung der Natur gelangen wir sogleich zu einer neuen Tatsache, daß die Natur eine Schulung bietet. Dieser Nutzen der Welt schließt die vorangegangenen als Teile seiner selbst in sich.

Raum, Zeit, Gesellschaft, Arbeit, Klima, Nahrung, Bewegung, die Tiere und die mechanischen Kräfte geben uns Tag für Tag den reinsten Unterricht, dessen Wert unbegrenzt ist. Sie schulen sowohl den Verstand als auch die Vernunft. Jede Eigenschaft des Stoffes – Festigkeit oder Widerstand, Trägheit, Ausdehnung, Gestalt und Teilbarkeit – ist eine Schulung für den Verstand. Der Verstand fügt zusammen und teilt, verbindet, mißt und findet überall in diesem wertvollen Bereich Nahrung und Raum für seine Tätigkeit. Und derweil überträgt die Vernunft all diese Lehren in ihre eigene Welt des Denkens, indem sie die Analogie erfaßt, die Materie und Geist vermählt.

1. Die Natur ist eine Schulung für das Verständnis

intellektueller Wahrheiten. Unser Umgang mit sinnlich Wahrnehmbarem ist eine beständige Übung in den notwendigen Lehren von Verschiedenheit, Ähnlichkeit, Ordnung, von Sein und Schein, fortschreitender Anordnung und in den Lehren vom Aufstieg des Besonderen zum Allgemeinen und von der Zusammenfügung des Wirkens mannigfaltiger Kräfte zu einem Ziele. Die besonders große Sorgfalt, mit der die Unterweisung geschieht, steht im Verhältnis zu der Wichtigkeit des zu bildenden Organes, eine Sorgfalt, die in keinem Fall außer acht gelassen wird. Wie mühsam ist die Übung, die Tag für Tag, Jahr für Jahr, ohne Ende, Allgemeinverständnis bildet. Welch andauernde Schaffung von Ärgernissen, Unannehmlichkeiten und Zwangslagen; diese Schadenfreude kleiner Leute, diese Debatten um Preise, dieses Berechnen der Zinsen – dies alles, um das Instrument des Geistes zu formen, um uns zu lehren, daß »gute Gedanken, wenn sie nicht ausgeführt werden, nicht besser sind als gute Träume«!

Derselbe gute Dienst wird geleistet durch das Besitzwesen und seine Tochtersysteme, der Schulden und der Kredite. Schulden, quälende Schulden, deren eisernes Antlitz Witwen und Waisen und die Söhne der Genies fürchten und hassen – Schulden, die so viel Zeit fressen, die einen großen Geist mit so niedrigen

Sorgen verkrüppeln und entmutigen, sie sind ein Lehrmeister, vor dem es kein Entrinnen gibt, und es bedürfen seiner am meisten diejenigen, die am meisten darunter leiden. Mehr noch ist der Besitz die äußere Erscheinung einer inneren Maschinerie, wie der Zeiger auf dem Zifferblatt einer Uhr. Trefflich ist er verglichen worden mit dem Schnee, der, »wenn er auch heute alles bedeckt, morgen schon zu Haufen verweht sein kann«. Während er nun eine Übung für den Verstand ist, sammelt man durch ihn, im Vorausschauen auf den Geist, Erfahrungen tieferer Gesetzmäßigkeiten.

Der ganze Charakter und das Glück des einzelnen werden bestimmt von den geringsten Ungleichmäßigkeiten in der Pflege des Verstandes, zum Beispiel in der Wahrnehmung der Verschiedenheiten. Raum und Zeit sind dazu da, den Menschen zu lehren, daß die Dinge nicht als Stückwerk sinnlos zusammengeworfen, sondern gesondert und individuell sind. Eine Glocke und ein Pflug haben jeweils ihre besondere Anwendung, und keines kann die Stelle des anderen einnehmen. Das Wasser ist zum Trinken da, die Kohle zum Verbrennen und Wolle für das Kleid; doch Wolle kann man nicht trinken, Wasser nicht spinnen und Kohle nicht essen. Der Weise zeigt seine Weisheit im Trennen und Ordnen, und seine Skala der Geschöpfe und Werte ist so groß wie die Natur. Die Toren kennen keine Stufenfolge auf ihrem Maßstab und nehmen an, ein jeder Mensch sei gerade so wie der andere. Was nicht gut ist, nennen sie das Schlechteste, und was nicht gerade hassenswert ist, nennen sie das Beste.

Zu welcher Vorsicht bildet so die Natur uns heran? Sie verzeiht keinen Fehler. Ihr Ja ist Ja und ihr Nein ist Nein!

Die ersten Schritte in der Ackerbaukunde, in der Astronomie, in der Zoologie (jene ersten Schritte, die der Bauer, der Jäger und der Seemann machen) lehren, daß die Würfel der Natur immer richtig fallen und selbst in ihrem Kehricht noch sichere und nützliche Schätze verborgen liegen.

Wie ruhig und sicher erfaßt der Geist nach und nach die Gesetze der Physik! Welch edle Gefühle erheben den Sterblichen, wenn er in den Rat der Schöpfung eintritt und durch Erkenntnis den Vorzug des Daseins fühlt. Seine Einsicht läutert ihn. Die Schönheit der Natur erstrahlt in seiner eigenen Brust. Der Mensch, der dies erkennt, ist größer und das Universum geringer, da Zeit- und Raumbeziehungen schwinden, wenn die Gesetze erkannt sind.

Und wieder stehen wir da, tief beeindruckt, ja erschrocken vor dem unermeßlich großen All, das erforscht werden soll. »Was wir wissen, ist nur eine Winzigkeit gemessen an dem, was wir nicht wissen.« Nimm doch nur eine kürzlich erschienene Zeitschrift der Naturwissenschaft und erwäge die dort angesprochenen Probleme wie: Licht, Hitze, Elektrizität, Magnetismus, Physiologie, Geologie, und dann urteile, ob die Fragen der Naturwissenschaft wohl je bald erschöpft sein werden.

Wenn wir in unserer Betrachtung die vielen Einzelheiten der Schulung durch die Natur an uns vorüberziehen lassen, dürfen wir nicht versäumen, zwei davon besonders ins Auge zu fassen.

Jedes Ereignis lehrt uns die Übung des Willens oder die Lehre der Kraft. Von der Zeit der allmählichen Ergreifung der verschiedenen Sinne als Kind, bis hin zu der Stunde, in der er sagt: »Dein Wille geschehe!«, lernt der Mensch das Geheimnis, daß er seinem Willen nicht nur einzelne Geschehnisse unterordnen kann, sondern ganze Ordnungen, ja die gesamte Reihe der Geschehnisse, und daß er so alle Tatsachen seinem Charakter anzupassen vermag. Die Natur ist durch und durch mittlerhaft. Sie ist geschaffen, um zu dienen. Sie erträgt die Herrschaft des Menschen ebenso sanftmütig wie der Esel, auf dem der Heiland ritt. Sie bietet dem Menschen all ihre Reiche an, damit er sie als Rohmaterial so verwende, wie es ihm nützlich ist. Nie wird der Mensch müde, daran zu arbeiten. Er bildet die feine und hauchdünne Luft um in weise und wohlklingende Worte und verleiht ihnen Engelsschwingen zum Überzeugen und Anweisen. Nach und nach tritt sein siegreiches Denken an alle Dinge heran und unterwirft sie, bis endlich die Welt nur sein verwirklichter Wille ist – das Ebenbild des Menschen.

2. Sinnliche Dinge stimmen mit den Vorahnungen der Vernunft überein und spiegeln das Gewissen wider. Alle Dinge sind moralischer Natur; und in ihren endlosen Verwandlungen haben sie einen unaufhörlichen Bezug zur geistigen Natur. Aus diesem Grunde steht die Natur erhaben da in Form, Farbe und Bewegung, damit ein jeder Stern im entlegensten Himmel, jede chemische Umwandlung vom einfachsten Kristall bis hinauf zu den Gesetzen des Lebens, jede Verwandlung der Vegetation vom ersten Wachstumsprinzip im Herzen eines Blattes bis hin zum tropischen Regenwald und den antediluvianischen Kohleflößen, jede animalische Funktion, von der des Schwammes bis zu der eines Herkules, damit dies alles dem Menschen die Gesetze von Recht und Unrecht verkünde und ihm entgegendonnere, und die Zehn Gebote widerschallen. Darum ist die Natur stets im Bunde mit der Religion und verleiht dem

religiösen Empfinden all ihren Glanz und all ihre Pracht. Prophet und Priester, David, Jesaja, Jesus haben tief aus dieser Quelle geschöpft. Dieser ethische Charakter durchdringt so sehr Mark und Bein der Natur, daß es scheint, als bestehe in ihm ihr Ziel. Auch wenn ein Glied oder Teil einem Einzelziel dienen mag, so bleibt dies doch ihre erkennbare und universelle Wirkungsweise, die sie niemals versäumt. Nichts erschöpft sich in der Natur in der ersten Nutzanwendung. Wenn etwas bis zum äußersten sein Ziel erfüllt hat, ist es vollkommen neu für einen anderen, höheren Dienst. In Gott wird jedes Ziel in ein neues Mittel umgewandelt. So gesehen, ist der Nutzen der Dienlichkeit, für sich betrachtet, niedrig und armselig. In der Lehre der Nutzbarkeit aber wird es dem Geist eine Übung sein, zu erkennen, daß eine Sache nur dann gut genannt werden kann, wenn sie dienlich ist, und daß ein Zusammenwirken aller Teile und allen Strebens für jedes Wesen zu einem zweckdienlichen Wirken notwendig ist. Die erste und bedeutende Manifestation dieser Wahrheit ist unsere unvermeidbare und verhaßte Übung für Werte und Bedürfnisse, für Naturalien und Nahrung.

Es ist bereits dargelegt worden, daß jeder natürliche Prozeß eine Form eines moralischen Satzes ist. Das moralische Gesetz liegt im Zentrum der Natur und strahlt bis an die Peripherie. Es ist der Kern und das Mark einer jeden Substanz, einer jeden Beziehung und eines jeden Prozesses. Alle Dinge, mit denen wir umgehen, belehren uns. Was ist denn ein Bauerngehöft anderes als ein schweigsames Evangelium? Spreu und Weizen, Unkraut und Nutzpflanzen, Mehltau, Regen, Insekten, Sonne – von der ersten Ackerfurche im Frühling bis zum letzten Heuballen, den der Schnee des Winters auf den Feldern überrascht, ist alles ein heiliges Gleichnis. Aber Seefahrer, Schäfer, Bergleute, Händler, sie alle machen jeweils in ihrem Bereiche Erfahrungen, die denen der anderen gleichen und zu der gleichen Schlußfolgerung führen; denn alle Organisation ist von Grund aus gleich. Auch kann nicht angezweifelt werden, daß dieses moralische Empfinden, welches derart die Luft mit Gehalt erfüllt, im Samen keimt und die Wasser der Welt salzt, vom Menschen erfaßt wird und sich in seine Seele ergießt. Der moralische Einfluß der Natur auf jedes Individuum ist jenes Maß an Wahrheit, das sie ihm erklärt. Wer vermag dies abzuschätzen? Wer kann ermessen, wieviel Standhaftigkeit der wogenumtoste Felsen im Meer die Fischer gelehrt hat, wieviel Ruhe ausging vom Anblick des azurblauen Himmels, über dessen makellosen Tiefen die Winde immerdar Sturmwolken treiben, ohne ein

Fältchen oder einen Flecken zurückzulassen? Wer kann ermessen, wieviel Fleiß, Vorsicht und Zuneigung wir aus der Pantomime der Tiere aufgenommen haben? Welch eindringliche Mahnung zur Selbstbeherrschung liegt in dem wechselhaften Zustand der Gesundheit!

Hierin wird uns die Einheit der Natur in besonderer Weise wahrnehmbar – die Einheit in der Mannigfaltigkeit –, die uns überall entgegentritt. Die endlosen Mannigfaltigkeiten der Dinge hinterlassen den gleichen Eindruck. Xenophanes, als er alt geworden war, klagte darüber, daß, wohin er auch immer blikken mochte, alle Dinge zur Einheit zurückstrebten. Er war der immer gleichen Entität in der langweiligen Mannigfaltigkeit der Formen überdrüssig. Die Proteussage hat eine tiefe Wahrheit. Ein Blatt, ein Tropfen, ein Kristall, ein Augenblick in der Zeit steht mit dem Ganzen in Zusammenhang und nimmt Teil an der Vollkommenheit des Ganzen. Jedes Teilchen ist ein Mikrokosmos und kündet getreulich die Gleichheit der Welt.

Nicht nur bestehen Ähnlichkeiten unter den Dingen, bei denen die Analogie offensichtlich ist, wenn wir zum Beispiel in der Flosse des fossilen Sauriers das Abbild der menschlichen Hand entdecken, sondern auch in Objekten, bei denen zunächst kaum äußere

Ähnlichkeit besteht. So nennen Madame de Staël und Goethe die Architektur »gefrorene Musik«. Vitruvius war der Ansicht, ein Architekt solle auch Musiker sein. »Eine gotische Kirche«, sagte Coleridge, »ist eine versteinerte Religion.« Michelangelo forderte, daß ein Architekt über Kenntnisse in der Anatomie verfügen müsse. Die Noten in Haydns Oratorien bieten der Vorstellung nicht nur Bewegungen, wie die einer Schlange, eines Hirsches oder eines Elefanten, sondern auch Farben, wie das Grün des Grases. Die Gesetzmäßigkeit der harmonischen Klänge erscheint wieder in den harmonischen Farben. Der Granit unterscheidet sich in seinen Gesetzen von dem Fluß, der ihn abnutzt, nur durch ein Mehr oder Weniger an innerer Bewegtheit. Der strömende Fluß ähnelt der Luft, die über ihn dahinzieht, die Luft ähnelt dem Licht, das sie in feineren Strömungen durchflutet, das Licht ähnelt der Hitze, die mit ihm den Raum durchfliegt. Jede Kreatur ist nur eine Modifikation der anderen. Die Ähnlichkeit unter ihnen ist größer als der Unterschied, und ihr Grundgesetz ist ein und dasselbe. Die Regeln der einen Kunst oder das Gesetz der einen Organisation bewähren sich durch alle Natur. So innerlich ist diese Einheit, daß sie, leicht läßt sich dies erkennen, unter der untersten Hülle der Natur liegt und ihren Ursprung im universellen Geist verrät. Denn sie durchdringt auch das Denken. Jede universelle Wahrheit, die wir in Worten ausdrücken, enthält jede andere Wahrheit oder setzt sie voraus. *Omne verum vero consonat.* Wie der Großkreis einer Kugelsphäre mit allen möglichen Großkreisen zur Deckung gebracht werden kann, so kann in ähnlicher Weise eine Wahrheit mit anderen Wahrheiten in Einklang gebracht werden. Jede solche Wahrheit ist das absolute Sein, von einer Seite aus gesehen. Aber es hat unzählbare Seiten.

Die zentrale Einheit kommt noch deutlicher bei Handlungen zum Ausdruck. Worte sind endliche Organe des unendlichen Geistes. Sie können den Umfang dessen, was in der Wahrheit ist, nicht umspannen. Sie brechen, zerstückeln und entwerten sie. Eine Handlung ist Vollendung und Darlegung des Denkens. Rechtes Handeln scheint das Auge auszufüllen und mit der gesamten Natur verwandt zu sein. »Der Weise, wenn er eins tut, tut er alles, oder, in dem einen, was er recht tut, sieht er das Gleichnis von allem, was recht getan wird.«

Worte und Handlungen sind der tierischen Natur nicht als Attribute gegeben. Sie machen uns mit der menschlichen Gestalt bekannt, von der alle anderen Organisationen als Degradationen erscheinen. Wenn diese Gestalt unter all den anderen, die sie umgeben, erscheint, zieht der Geist sie diesen vor. Er sagt: »Von dieser nahm ich Freude und Wissen, in einer wie dieser fand und betrachtete ich mich selbst; ich will zu ihr reden; sie kann mir antworten; sie kann mir ein Denken gewähren, das schon gebildet und belebt ist.« In der Tat wird das Auge, der Geist ständig von diesen Formen begleitet, männlich und weiblich, und diese geben ohne Vergleich die reichste Kunde von der Macht und der Ordnung, die im Herzen der Dinge liegen. Unglücklicherweise trägt eine jede Zeichen wie von irgendeinem Makel an sich, ist angekränkelt und oberflächlich gesehen fehlerhaft. Dennoch bleiben all diese Formen, im Unterschied zur taubstummen Natur um sie her, wie Verbindungen mit dem unermeßlichen Meer der Gedanken und der Tugend, zu denen sie allein, von aller Organisation, die Pforten sind.

Es wäre eine angenehme Untersuchung, im einzelnen auf die Dienste einzugehen, die sie zu unserer Erziehung leisten, doch wie käme man dabei jemals zu einem Ende? In der Jugend und als Erwachsene pflegen wir den Umgang mit einigen Freunden, die wir, wie Himmel und Wasser, entsprechend der zunehmenden Größe unserer Idee von ihnen, erfassen. Jeder von ihnen antwortet auf eine bestimmte Neigung der Seele und erfüllt in dieser Hinsicht unsere

Wünsche. Wir hingegen ermangeln der Kraft, sie mit so viel Abstand zu betrachten, daß wir sie verbessern oder gänzlich erklären können. Wir können sie nur lieben. Wenn der rege Austausch mit einem Freund uns so einen Maßstab für Vorzüglichkeit an die Hand gegeben und unsere Ehrfurcht vor der Kraft Gottes erhöht hat, der so uns einen wirklichen Menschen sendet, um unser Ideal zu übertreffen, wenn er darüber hinaus in unserem Denken gelebt hat und, während sein Wesen all seine unbewußte Wirksamkeit bewahrt, in unserem Geiste zu einer beständigen und klaren Weisheit geworden ist, dann ist dies uns ein Zeichen, daß sein Dienst dem Ende entgegengeht und er gewöhnlich in kurzer Zeit unserem Blicke entzogen sein wird.

## Idealismus

Derart ist der unaussprechliche, doch erkennbare und zugängliche Sinn der Welt dem Menschen, diesem unsterblichen Schüler, in jeder Sinneswahrnehmung gegeben. Zu diesem einen Ziele der Schulung verbinden sich alle Teile der Natur.

Ständig drängt sich uns ein edler Zweifel auf, ob dieses Ziel nicht das Endziel des Universums sei und ob die Natur äußerlich existiere. Es ist ein ausreichender Grund für jene Erscheinung, die wir die Welt nennen, daß Gott den Menschengeist schulen will und ihn zum Empfänger einer gewissen Anzahl von entsprechenden Empfindungen macht, die wir Sonne und Mond, Mann und Frau, Haus und Gewerbe nennen. Macht es, bei meiner gänzlichen Unzulänglichkeit, die Echtheit meiner Sinneswahrnehmungen zu bezeugen und zu wissen, ob die Eindrücke, die ich empfange, den Außendingen ensprechen, einen Unterschied, ob nun Orion dort oben am Himmel steht oder ob irgendein Gott sein Bild an das Firmament der Seele malt? Wenn die Beziehungen der Teile und das Ziel des Ganzen die gleichen bleiben, wo liegt dann der Unterschied, ob Land und Meer aufeinander einwirken und Welten kreisen und sich ohne Zahl oder Ziel vermischen – Tiefe tut sich unter Tiefe auf, und eine Galaxie hält der anderen im absoluten Raum das Gleichgewicht –, oder ob, ohne Raum- und Zeitverhältnis die gleichen Erscheinungen dem standhaften Glauben des Menschen eingeschrieben sind? Ob die Natur eine substantielle Existenz außer uns hat oder ob sie nur in der Offenbarung des Geistes besteht, sie ist für mich gleichermaßen nützlich und gleichermaßen verehrungswürdig. Möge sie sein wie sie mag, für mich bleibt sie ideal, solange ich die Zuverlässigkeit meiner Sinne nicht beweisen kann.

Die Leichtfertigen machen sich über den Idealismus lustig, als ob seine Konsequenzen lächerlich wären, als ob er an der Beständigkeit der Natur rüttle. Das tut er gewiß nicht. Gott treibt niemals einen Scherz mit uns, und er wird nicht das Ziel der Natur aufs Spiel setzen, indem er irgendeine Inkonsequenz in ihrem Fortschreiten zuläßt. Jedes Mißtrauen in der Fortdauer der Gesetzmäßigkeiten würde die Fähigkeiten des Menschen lähmen. Ihre Fortdauer wird als heilig geachtet, und der Glaube an sie ist vollkommen. Die Räder und die Federn des Menschen sind abgestimmt auf die Annahme der Beständigkeit der Natur. Nicht wie ein Schiff, das herumgestoßen wird, sind wir gebaut, sondern wie ein Haus, das stehen soll. Es ist eine natürliche Folge dieser Struktur, daß, solange die tätigen Kräfte die reflektiven beherrschen, wir jeder Andeutung, die Natur sei kurzlebiger und wandelbarer als der Geist, mit Entrüstung Widerstand leisten. Der Trödler, der Stellmacher, der Zimmermann, der Zöllner sind ungehalten über diese Andeutung.

Aber während wir uns gänzlich in die Beständigkeit der Naturgesetze fügen, bleibt die Frage der absoluten Existenz der Natur noch immer offen. Es ist die allgemeine Wirkung der Kultur auf den menschlichen Geist, unseren Glauben an die Beständigkeit einzelner Erscheinungen, wie Hitze, Wasser, Stickstoff, nicht wanken zu lassen, sondern uns dahin zu führen, die Natur als Erscheinung und nicht als Substanz zu betrachten; dem Geist notwendige Existenz zuzuschreiben; die Natur als ein Akzidens und eine Wirkung anzusehen.

Den Sinnen und dem nicht erneuerten Verstand ist eine Art instinktiven Glaubens an die absolute Existenz der Natur eigen. In ihrer Weltsicht sind Mensch und Natur untrennbar miteinander verbunden. Die Dinge sind Enderscheinungen, und niemals schauen sie über ihre Sphäre hinaus. Die Gegenwart der Vernunft beeinträchtigt diesen Glauben. Die erste Bemühung des Denkens bewirkt eine Schwächung dieser Vorherrschaft der Sinne, die uns an die Natur fesselt, als wären wir ein Teil von ihr, und sie zeigt uns die Natur von ferne und gleichsam schwebend. Bis dieser höhere Mittler dazwischentritt, sieht das tierische Auge scharfe Umrisse und farbige Flächen mit wundervoller Genauigkeit. Öffnet sich das Auge der Vernunft, treten zu diesen Umrissen und Flächen sogleich Würde und Ausdruckskraft hinzu. Diese gehen aus der Vorstellungskraft und der Neigung hervor, und sie mildern etwas die starre Bestimmtheit der Objekte. Wird die Vernunft zu noch ernsterem Schauen angeregt, werden Formen und Flächen transparent und können nicht mehr gesehen werden; Ursachen und Geister werden durch sie geschaut. Dieses Erwachen der höheren Kräfte und das ehrfurchtsvolle Zurückweichen der Natur vor ihrem Gotte sind die höchsten Augenblicke des Lebens.

Nun wollen wir fortschreiten und die Wirkungen der Kultur andeuten:

1. Unsere Grundlehre in der Philosophie des Idealismus ist ein Wink von der Natur selbst.

Die Natur ist geschaffen, sich mit dem Geiste zu verbinden, um uns zu befreien. Bestimmte mechanische Neuerungen oder eine geringe Veränderung unserer räumlichen Lage lehren uns einen Dualismus. Wir sind fremdartig berührt, wenn wir die Küste von einem fahrenden Schiff aus betrachten, von einem Ballon oder durch den Schleier eines ungewöhnlich gefärbten Himmels. Der geringste Wechsel unseres Standpunktes verleiht der ganzen Welt ein malerisches Aussehen. Ein Mensch, der sich selten in einem Fahrzeug befördern läßt, braucht nur in einer Kutsche seine eigene Stadt zu durcheilen, um die Straße in ein Puppentheater zu verwandeln. Männer und Frauen – wie sie schwatzen, rennen, feilschen und sich schlagen –, der ernste Handwerker, der Müßiggänger, der Bettler, die Jungen, die Hunde, sie alle erscheinen plötzlich unwirklich oder zumindest gänzlich losgelöst vom Betrachter, und sie werden als Schein gesehen und nicht als substantielle Wesen. Welcher Art sind die Gedanken, die wir haben, wenn wir eine wohlbekannte Landschaft aus einem dahineilenden Eisenbahnwagen betrachten! Ja, die gewöhnlichsten Dinge (verändere nur deinen Gesichtspunkt ein wenig) gefallen uns am besten. In einer *camera obscura* erfreut uns der Karren des Schlächters und der Anblick eines unserer Familienmitglieder. Und gleichermaßen gefällt uns das Porträt eines wohlbekannten Gesichtes. Schaue dir die Welt verkehrt herum an, schaue dir die Landschaft durch deine gespreizten Beine an, und wie angenehm ist das Bild, obwohl du es jederzeit während der letzten zwanzig Jahre gesehen hast! In diesen Fällen, bei der Verwendung mechanischer Hilfsmittel, ist ein Hinweis gegeben auf den Unterschied zwischen dem Beobachter und dem Beobachteten, zwischen Mensch und Natur. Hieraus erwächst ein Vergnügen, das mit Ehrfurcht gemischt ist; ich möchte sagen, ein minderer Grad des Erhabenen wird fühlbar, wahrscheinlich aus der Tatsache, daß der Mensch dadurch ausgezeichnet ist, daß, während die Welt ein Schauspiel ist, etwas in ihm selbst beständig bleibt.

2. In einem höheren Sinne bringt der Dichter das gleiche Vergnügen zum Ausdruck. Mit ein paar Strichen entwirft er, gleichsam im freien Raum, die Sonne, den Berg, das Lager, die Stadt, den Helden, das Mädchen, nicht von dem verschieden, wie wir sie kennen, aber dennoch vom Boden erhoben und vor dem Auge schwebend. Er löst Land und Meer von ihrem Orte, läßt sie um die Achse seines ersten Gedankens kreisen und ordnet sie neu. Selbst erfüllt von einer heroischen Leidenschaft, benutzt er die Materie, um daraus Symbole zu entwerfen. Der sinnliche Mensch paßt die Gedanken den Dingen an, der Dichter paßt die Dinge seinen Gedanken an. Der eine hält die Natur für festgewurzelt und unbeweglich, der

andere betrachtet sie als Fluidum und prägt ihr sein Wesen auf. Für ihn ist die widerspenstige Welt nachgiebig und fügsam; er bekleidet Staub und Stein mit Menschlichkeit und formt sie um in Worte der Vernunft. Die Imagination kann man definieren als den Gebrauch, den die Vernunft von der materiellen Welt macht. Shakespeare besitzt vor allen anderen Dichtern das Vermögen, die Natur dem Zweck des Ausdrucks unterzuordnen. Seine gebietende Muse wirft die Schöpfung wie ein Spielzeug von einer Hand in die andere und gebraucht sie, um irgendeinen Einfall zum Ausdruck zu bringen, der gerade in seinem Geiste vorherrschend ist. Die entlegensten Winkel der Natur werden durch ein zartes geistiges Band in Verbindung gebracht. Wir werden gewahr, daß die Größe der materiellen Dinge relativ ist und alle Objekte zusammenschrumpfen oder sich ausdehnen, um der Leidenschaft des Dichters dienlich zu sein. So findet er in seinen Sonetten den Gesang der Vögel, den Duft und die Farbenpracht der Blumen als *Schatten* seiner Geliebten wieder; die Zeit, die sie von ihm trennt, ist sein *Sarg*, der Argwohn, den sie erweckt hat, ist ihre *Zierde:*

> Der Schönheit Zierde ist Argwohn und Verdacht
> Gleich einer Krähe in süßer Himmelsluft.

Seine Leidenschaft ist nicht die Frucht des Zufalls; sie erweitert sich, noch während er spricht, zu einer Stadt oder einem Reiche.

Nein, fern vom Zufall sie begründet ward;
Nicht duldet sie des Prunkes falsches Lächeln,
noch fällt
Sie unter's Joch der Unzufriedenheit.
Noch fürchtet sie des Ketzers list'ge Ränke,
Die wirkt auf kurzer Stunden Frist,
Ist doch allein nur sie ganz welterfahren.

In der Stärke seiner Beständigkeit scheinen ihm die Pyramiden wie eben erst entstanden, doch vergänglich. Die Frische der Jugend und der Liebe blendet ihn in ihrer Ähnlichkeit mit dem Morgen.

Nimm hinweg diese Lippen, diesen Mund,
Der so lieblich mit falschen Schwüren,
Wie auch diese Augen, zu früher Stund,
Mit Glut den Morgen schon verführen.

Die wilde Schönheit dieser Hyperbel, das möchte ich nebenbei bemerken, wird wohl in der Literatur nicht so leicht ihresgleichen finden.

Diese Umgestaltung, die alle materiellen Dinge durch die Leidenschaft des Dichters erfahren – die Macht, mit der er das Große zwergenhaft werden läßt und das Kleine groß –, könnte mit noch tausend anderen Beispielen aus seinen Dramen belegt werden. Vor mir liegt »Der Sturm«, und ich möchte nun daraus ein paar Zeilen anführen.

Prospero:
Dies Vorgebirg', gar fest gegründet,
Hab' ich erschüttert;
Und bei der Wurzel ausgerauft
Die Fichte und die Zeder.

Prospero verlangt Musik, um den ungestümen Alonso und seine Gefährten zu besänftigen:

Eine feierliche Melodie, der beste Trost
Für die verwirrte Phantasie, heile dein Hirn,
Das jetzt nutzlos dir im Schädel kocht.

Und wieder:

Der Zauber löst sich langsam auf,
Und, wie der Morgen die Nacht bestiehlt,
Die Finsternis vertreibt, so fangen ihre
Erwachenden Sinne an, die trüben Nebel zu
verjagen,
Die noch ihre hellere Vernunft umhüllen.
Ihr Verstand
Beginnt zu schwellen, und die nahende Flut
Wird alsbald der Vernunft Gestade füllen,
Das jetzt noch daliegt, faul und schlammig.

Die Wahrnehmung wirklicher Affinitäten zwischen den Ereignissen (das heißt, der *ideellen* Affinitäten, denn nur diese sind wirklich) befähigt den Dichter, mit den bedeutsamsten Formen und Phänomenen der Welt frei zu schalten und zu walten und die Vorherrschaft der Seele zu behaupten.

3. Während so der Dichter die Natur mit seinen eigenen Gedanken belebt, unterscheidet er sich von dem Philosophen nur darin, daß der eine die Schönheit, der andere die Wahrheit als sein höchstes Ziel anstrebt. Aber nicht weniger als der Dichter stellt der Philosoph die scheinbare Ordnung und die Beziehungen der Dinge untereinander der Herrschaft des Denkens nach. »Das Problem der Philosophie«, so Platon, »besteht darin, für alles, was bedingt besteht, einen unbedingten und absoluten Grund zu finden.« Er geht von dem Glauben aus, daß ein Gesetz alle Phänomene bestimmt und daß es, einmal erkannt, gestattet, die Phänomene vorherzusagen. Ist dieses Gesetz im Geiste, so ist es eine Idee. Ihre Schönheit ist unendlich. Der wahre Philosoph und der wahre Dichter sind eins, und eine Schönheit, die Wahrheit ist, und eine Wahrheit, die Schönheit ist, ist beider Ziel. Ist nicht der Reiz einer Aussage des Platon oder des Aristoteles streng genommen gleich der einer Antigone des Sophokles? In beiden Fällen ist der Natur ein geistiges Leben offenbart; der fest erscheinende Block der Materie ist durchdrungen und aufgelöst worden von einem Gedanken; das schwach

erscheinende menschliche Wesen hat die ungeheuren Massen der Natur mit einer belebten Seele erfüllt und sich selbst in ihrer Harmonie wiederentdeckt, das heißt, ihr Gesetz erfaßt. Geschieht dies in der Physik, so befreit sich das Gedächtnis seiner Last der Sammlung von Einzelheiten und trägt Jahrhunderte der Beobachtung in einer einzigen Formel zusammen.

Auf diese Weise verliert sogar in der Physik die Materie vor dem Geistigen ihren Rang. Der Astronom, der Geometer, verlassen sich auf ihre unumstößliche Analysis und verschmähen die Resultate der Beobachtung. Die erhabene Bemerkung Eulers über sein Gesetz vom Kreisbogen: »Dies wird jeder Erfahrung widersprechen, aber dennoch ist es wahr«, hat bereits die Natur in den Geist versetzt und die Materie wie einen Leichnam abgeworfen.

4. Die intellektuelle Wissenschaft, so hat man beobachtet, erzeugt beständig Zweifel an der Existenz der Materie. Turgot sagt: »Wer nie die Existenz des Materiellen bezweifelt hat, mag versichert sein, keine Begabung für metaphysische Fragen zu haben.« Die Aufmerksamkeit wird auf unsterbliche, notwendig ungeschaffene Wesenheiten, das heißt, auf Ideen gerichtet, in deren Gegenwart wir die äußeren Umstände als Traum und Schatten empfinden. Während wir in diesem Götterolymp weilen, denken wir die

Natur als Beiwerk der Seele. Wir erheben uns in diese Höhen und erkennen sie als die Gedanken des Höchsten Wesens. »Sie sind es, die da waren von Anbeginn und immerdar, ehe denn die Erde war. Als er die Himmel aufrichtete, waren sie da. Als er die Wolken auftürmte, als er den Quellen in den Tiefen ihre Kraft gab, da waren sie mit ihm, wie die seinen, die mit ihm aufwuchsen. Mit ihnen beriet er sich.«

Ihr Einfluß ist verhältnismäßig. Als Gegenstand der Wissenschaft sind sie wenigen Menschen zugänglich. Aber alle Menschen sind in der Lage, sich durch Ehrfurcht oder durch Herzenskräfte in ihr Reich zu erheben. Und niemand kommt mit diesen göttlichen Wesenheiten in Berührung, ohne in einem bestimmten Grade selbst göttlich zu werden. Wie eine neue Seele, so erneuern sie den Körper. Wir werden leiblich leicht und licht, wir schreiten wie in Luft, das Leben ist nicht mehr beschwerlich, und wir denken, es wird auch nie wieder so werden. In ihrer heiteren Gegenwart fürchtet niemand mehr das Alter, Unglück oder den Tod, denn man ist dem Bereich des Vergänglichen entzogen. Während wir das entschleierte Wesen der Gerechtigkeit und der Wahrheit schauen, erfahren wir den Unterschied zwischen dem Absoluten und dem Bedingten oder Relativen. Wir erfassen das Absolute. Gleichsam zum ersten

Mal *sind wir.* Wir werden unsterblich, denn wir erkennen, daß Raum und Zeit Verhältnisse der Materie sind, daß sie mit der Wahrnehmung der Wahrheit oder einem tugendhaften Willen keine Verwandtschaft haben.

5. Schließlich haben Religion und Ethik, die treffend Ausführung von Ideen oder Einführung der Ideen in das Leben genannt werden können, eine auch niedrigeren Kulturen entsprechende Wirkung darin, die Natur herabzusetzen und auf ihre Abhängigkeit vom Geiste hinzuweisen. Ethik und Religion unterscheiden sich dadurch voneinander, daß die eine ein System menschlicher Pflichten vom Menschen ausgehen läßt, die andere von Gott. Die Religion schließt die Persönlichkeit Gottes mit ein, die Ethik nicht. Für unseren gegenwärtigen Zweck sind sie eins. Sie stellen beide die Natur unter sich. Die erste und die letzte Lehre der Religion lautet: »Was sichtbar ist, das ist zeitlich, was aber unsichtbar ist, das ist ewig.« Sie schmäht die Natur. Sie ist dem Ungebildeten das, was einem Berkeley und Viasa die Philosophie ist. In der einförmigen Sprache der Kirchen unwissender Sekten heißt es: »Verachte die gehaltlosen Schauspiele der Welt, denn nichts als Eitelkeit, Traumgebilde, Schatten und Unwirklichkeit sind sie; suche vielmehr die Wirklichkeit der Reli-

gion.« Der Frömmler verspottet die Natur. Einige Theosophen sind zu einer gewissen Feindschaft und zu Unwillen gegenüber der Materie gekommen, wie auch die Manichäer und Plotin. Sie mißtrauten jedem Rückblick zu den Fleischtöpfen Ägyptens. Plotin schämte sich seines Leibes. Kurzum, sie alle mochten von der Materie sagen, was Michelangelo von der äußerlichen Schönheit sagte: »Sie ist das vergängliche und lästige Gewand, in das Gott die Seele hüllt, die er in das Zeitliche gerufen.«

Es zeigt sich, daß Bewegung, Dichtkunst, physikalische und intellektuelle Wissenschaft und Religion dazu neigen, unsere Überzeugung von der Wirklichkeit der äußeren Welt zu beeinflussen. Aber ich gestehe zu, daß etwas Undankbares darin liegt, die Einzelheiten der allgemeinen Behauptung, nach der alle Kultur dahin strebt, uns mit Idealismus zu durchdringen, allzu eifrig auszubreiten. Ich hege keine Feindschaft gegen die Natur, sondern liebe sie wie ein Kind. Ich lebe und entfalte mich an einem warmen Tage geradeso wie das Korn und die Melonen. Wir wollen gut über sie reden. Ich will keine Steine gegen meine schöne Mutter werfen, noch mein edles Heim beschmutzen. Ich möchte nur die wahre Stellung der Natur im Hinblick auf den Menschen andeuten, in die den Menschen hineinzustellen jede richtige Erziehung bemüht ist. Es ist dies der Grund, den zu erreichen Gegenstand des menschlichen Lebens ist, nämlich des Menschen Verbindung mit der Natur. Die Kultur kehrt die gewöhnliche Naturanschauung um und führt den Geist dazu, dasjenige Schein zu nennen, was er gewöhnlich wirklich nennt, und dasjenige wirklich zu nennen, was er gewöhnlich visionär zu nennen pflegt. Kinder, das ist wahr, glauben an die äußere Welt. Der Glaube, daß sie nur Erscheinung ist, ist ein Nach-Gedanke, der aber mit der Kultur genauso sicher im Geiste ersteht wie der erstere.

Der Vorteil des Idealismus gegenüber dem volkstümlichen Glauben ist der, daß er die Welt gerade in der Sicht darstellt, die dem Geist am wünschenswertesten ist. Diese Sicht ist tatsächlich die Sicht, die die spekulative und die praktische Vernunft, das heißt Philosophie und Tugend, einnehmen. Denn im Lichte des Denkens ist die Welt immer Erscheinung; und die Tugend ordnet sie dem Geiste unter. Der Idealismus sieht die Welt in Gott. Er betrachtet den ganzen Kreis von Personen und Dingen, Taten und Ereignissen des Landes und der Religion, nicht als mühsam angehäuft, Teilchen um Teilchen, Tat um Tat, in einer endlos dahinschleichenden Vergangenheit, sondern als ein gewaltiges Gemälde, das Gott für die Betrachtung der Seele in die augenblickliche

Ewigkeit malt. Deshalb hält sich die Seele vor einem allzu trivialen und ins einzelne gehenden Studium der universellen Schreibtafel zurück. Sie schätzt das Ziel zu sehr, als daß sie gänzlich in den Mitteln untertauchte. Sie sieht im Christentum etwas Wichtigeres als die Skandale der Kirchengeschichte oder die Spitzfindigkeiten der Kritik und, gänzlich unbekümmert, was Personen oder Wunder betrifft, und unbeirrt durch Lücken in den historischen Zeugnissen, nimmt sie von Gott die Erscheinung entgegen, wie sie sie vorfindet, als die reine und erhabene Form der Religion in der Welt. Sie erhitzt sich nicht wegen des Eintretens desjenigen, was sie ihr eigenes Gedeih oder Verderb nennt oder wegen Übereinstimmung oder Auseinandersetzung mit anderen Menschen. Kein Mensch ist ihr Feind. Sie nimmt, was immer ihr begegnet, als Teil ihrer Unterweisung hin. Sie ist mehr ein Beobachter als ein Handelnder, und sie handelt nur, damit sie um so besser beobachten kann.

# Geist

Eine wesentliche Forderung für eine wahre Anschauung der Natur und des Menschen ist, daß sie etwas Fortschrittliches in sich trage. Gewohntes, das bereits erschöpft ist oder sein kann, und Tatsachen, die auf eine Behauptung hinauslaufen, können nicht die ganze Wahrheit ausmachen über diese stattliche Behausung, in welcher der Mensch beherbergt ist und in der all seine Fähigkeiten ein angemessenes und endloses Betätigungsfeld finden. Und all der Nutzen der Natur läßt sich in einem zusammenfassen, welcher der Schaffenskraft des Menschen unbegrenzten Raum gibt. Durch alle Reiche, bis hin zu den äußeren Umgebungen und Begrenzungen der Dinge, ist sie der Ursache treu, aus der sie ihren Ursprung nimmt. Sie spricht immer vom Geist, deutet auf das Absolute hin, ist beständige Wirksamkeit. Sie ist ein großer Schatten, der immer auf die Sonne hinter uns hinweist.

Das Antlitz der Natur ist ein Ausdruck der Andacht. Wie die Gestalt Jesu steht sie da mit geneigtem

Haupt und den Händen über der Brust gefaltet. Der glücklichste Mensch ist derjenige, der von der Natur die Verehrung lernt.

Derjenige, der von jener unaussprechlichen Wesenheit, die wir Geist nennen, am tiefsten denkt, wird am wenigsten davon sprechen. Wir können Gott in den rohen und gewissermaßen entfernten Erscheinungen des Materiellen wiederfinden; aber wenn wir versuchen, ihn zu erklären und zu beschreiben, verläßt uns die Sprache und das Denken, und wir sind so hilflos wie Narren und Wilde. Jene Wesenheit läßt sich nicht in Lehrsätze einzwängen, doch wenn der Mensch sie geistig verehrt hat, so ist es die höchste Aufgabe der Natur, als die Erscheinung Gottes zu gelten. Sie ist das Organ, durch das der universelle Geist zu dem Individuum spricht und darum ringt, das Individuum zu ihm zurückzuführen.

Wenn wir das Geistige betrachten, sehen wir, daß die dargelegten Gesichtspunkte nicht den ganzen Umkreis des Menschen umfassen. Wir müssen einige verwandte Gedanken anschließen.

Drei Fragen werden dem Menschen durch die Natur vorgelegt: Was ist Materie? Wo liegt ihr Ursprung? Und: Welches ist ihr Ziel? Nur auf die erste dieser Fragen gibt der Idealismus eine Antwort. Der Idealismus sagt: Die Materie ist Erscheinung, nicht

Substanz. Der Idealismus macht uns mit der gänzlichen Ungleichheit zwischen der Gewißheit unseres eigenen Wesens und der Gewißheit des Wesens der Welt bekannt. Die eine ist vollkommen, die andere entbehrt jeder Sicherheit. Der Geist ist ein Teil der Natur der Dinge; die Welt ist ein göttlicher Traum, aus dem wir in jedem Augenblick zur Herrlichkeit und Gewißheit des Tages erwachen können. Der Idealismus ist eine Hypothese, die an die Natur mit anderen Prinzipien herangeht als diejenigen des Handwerkers und der Chemie. Doch wenn er nur die Existenz der Materie leugnet, entspricht er nicht den Forderungen des Geistes. Er läßt Gott außerhalb meiner. Er verläßt mich in dem blendenden Labyrinth meiner Wahrnehmungen, in dem ich ziellos wandere. Darin leistet ihm das Herz Widerstand, da er die Gefühle übergeht, indem er dem Manne und der Frau ein wesenhaftes Sein abspricht. Die Natur ist so mit menschlichem Leben durchdrungen, daß in allem und in jeder Einzelheit etwas vom Menschensein waltet. Diese Theorie jedoch entfremdet mir die Natur und erklärt nicht die Blutsverwandtschaft, die wir ihr zuerkennen.

Beim gegenwärtigen Stand unseres Wissens mag er bestehen bleiben als nützliche Eingangshypothese, die dazu dient, uns den ewigen Unterschied zwischen der Seele und der Welt zur Kenntnis zu bringen.

Aber wenn wir, der unsichtbaren Stufenleiter des Denkens folgend, dahin gelangen, uns zu fragen: Was ist der Ursprung der Materie und was ist ihr Ziel?, erstehen uns viele Wahrheiten aus den Tiefen des Bewußtseins. Wir erfahren, daß der Seele des Menschen das Höchste gegenwärtig ist, daß die erhabene universelle Geistigkeit, die nicht Weisheit ist noch Liebe, Schönheit oder Macht, sondern alles in einem und ein jedes vollständig; daß sie dasjenige ist, für das alle Dinge existieren und durch das sie sind; daß Geist schafft; daß hinter der Natur, durch die Natur, Geist gegenwärtig ist. Als Eines, nicht Zusammengesetztes, wirkt sie nicht von außen her auf uns ein, das heißt also, nicht in Raum und Zeit, sondern geistig oder durch uns selbst. Aus diesem Grunde errichtet jener Geist, das heißt, das Höchste Wesen, die Natur nicht um uns herum, sondern bringt sie durch uns hervor, so wie die Lebenskräfte des Baumes frische Zweige und Blätter durch die Poren der alten hervortreiben. Wie eine Pflanze auf der Erde, so ruht der Mensch im Schoße Gottes; ihn nähren unversiegbare Quellen, aus denen er unerschöpfliche Kraft zu seinem Bedarfe zieht. Wer vermag den Möglichkeiten des Menschen Grenzen zu setzen?

Einmal nur die höhere Luft einatmen, das absolute Wesen der Gerechtigkeit schauen dürfen, und wir erfahren, daß der Mensch Zugang zum gesamten Geist des Schöpfers hat, er selbst der Schöpfer im Endlichen ist. Diese Sicht, die mich erinnernd mahnt, wo die Quellen der Weisheit und der Macht liegen und auf die Tugend, als:

»Den goldenen Schlüssel,
der den Palast der Ewigkeit öffnet«,

hinweist, trägt auf ihrem Antlitz das höchste Zeugnis der Wahrheit, weil sie mich ermutigt, meine eigene Welt zu schaffen durch die Läuterung meiner Seele.

Die Welt geht aus dem gleichen Geist hervor wie der Leib des Menschen. Sie ist eine entferntere und niedere Inkarnation Gottes, eine Projektion Gottes in das Unbewußte. Aber sie unterscheidet sich vom Leibe in einem wichtigen Punkt. Sie untersteht nicht, wie jener jetzt, dem menschlichen Willen. Ihre strenge Ordnung ist für uns unverletzbar. Darum ist sie uns der gegenwärtige Ausleger des göttlichen Geistes. Sie ist ein fester Punkt, von dem aus wir unsere Abweichung messen können. In dem Maße unserer Entartung wird der Gegensatz zwischen uns und unserer Wohnstätte klarer ersichtlich. Wir sind in dem Maße Fremdlinge in der Natur, wie wir uns von Gott entfremden. Wir verstehen nicht die Laute der Vögel; Fuchs und Hirsch fliehen uns, Bär und Tiger zerreißen uns. Wir kennen nicht den Nutzen von mehr als ein paar Pflanzen, wie etwa Korn und Apfel, Kartoffel und Rebe. Ist die Landschaft, von der ein jeder Schimmer voller Erhabenheit ist, nicht sein Antlitz? Doch gerade dies mag uns zeigen, welcher Zwiespalt zwischen Mensch und Natur besteht, denn du kannst eine edle Landschaft nicht freien Herzens bewundern, wenn Arbeiter auf dem Felde dicht bei dir graben. Der Dichter findet so lange etwas Lächerliches in seinem Entzücken, bis er außerhalb der Sichtweite von Menschen ist.

# Ausblicke

In Untersuchungen, die die Gesetze der Welt und das Gefüge der Dinge in Betracht ziehen, ist die höchste Vernunft immer die angemessenste. Dasjenige, was kaum möglich scheint, seiner Feinheit wegen, ist oft darum so leise und zart, weil es im Bewußtsein unter den ewigen Wahrheiten am tiefsten liegt. Die empirische Wissenschaft kann den Blick leicht umnebeln und eben durch das Wissen um Funktionen und Prozesse den Schüler einer nutzvollen Betrachtung des Ganzen berauben. Der Fachmann wird unpoetisch. Aber der belesenste Naturforscher, der ungeteilte und andächtige Aufmerksamkeit der Wahrheit zuwendet, wird einsehen, daß über seine Beziehung zur Welt noch viel zu lernen übrigbleibt und daß dies nicht gelernt werden kann durch Addieren und Subtrahieren oder irgendeinen Vergleich bekannter Größen, sondern daß es Empfänglichkeit gegenüber Geisteinfällen erfordert, die nicht durch eine Lehre vermittelt werden kann, sondern durch fortdauerndes Streben nach Selbsterkenntnis und durch vollkommene Demut. Er wird wahrnehmen, daß noch weitaus höhere Qualitäten in dem Schüler liegen als Genauigkeit und Unfehlbarkeit, daß eine Vermutung oft fruchtbarer ist als eine unbestreitbare Bestätigung und daß ein Traum uns tiefer mit dem Geheimnis der Natur bekanntmachen kann als hundert künstliche Experimente.

Denn die Probleme, die gelöst werden sollen, sind genau diejenigen, denen der Physiologe und der Naturforscher sich zu stellen versäumen. Es ist nicht so wichtig für den Menschen, alle einzelnen Gattungen der Tierwelt zu kennen, als vielmehr das Woher und Wohin dieser tyrannisierenden Einheit in seiner eigenen Beschaffenheit zu kennen, die immerfort die Dinge trennt und klassifiziert, in dem Bestreben, die verschiedensten auf eine Form zurückzuführen. Wenn ich eine prächtige Landschaft betrachte, ist es für meinen Zweck weniger bedeutungsvoll, die Ordnung und die Schichtungen des Erdinnern genau aufzählen zu können, als zu wissen, warum jeder sich auf die Vielheit beziehende Gedanke in einem ruhigen Sinne der Einheit aufgehoben ist. Ich kann nicht Genauigkeit im Detail besonders hoch schätzen, solange es keinen Hinweis gibt, der das Verhältnis zwischen den Dingen und dem Denken erklären hilft, solange kein Lichstrahl auf die *Metaphysik* der Muschelkunde, der Botanik und der Künste fällt, der das Verhältnis der Formen der Blumen, der Muscheln, der Tiere und der Architektur zum Geiste beleuchtet und die Wissenschaft auf Ideen gründet. In einem naturgeschichtlichen Museum werden wir empfindsam für eine bestimmte geheimnisvolle Wiedererkennung und Sympathie angesichts der schwerfälligsten und wundersamsten Formen der Tiere, Fische und Insekten. Der Amerikaner, der in seinem Lande auf Gebäude beschränkt ist, die nach fremden Mustern entworfen sind, ist überrascht, wenn er das York-Münster oder den Petersdom in Rom betritt und dort empfindet, daß auch diese Bauwerke Imitationen sind – blasse Nachbildungen eines unsichtbaren Urbildes. Auch verfügt die Wissenschaft so lange nicht über ausreichende Menschlichkeit, wie der Naturforscher jene wundervollen Entsprechungen zwischen Mensch und Welt übersieht, deren Herr er ist, nicht weil er ihr edelster Einwohner ist, sondern weil er ihr Haupt und ihr Herz ist und etwas von sich in allem Großen und Kleinen, in jedem Gebirgszug, in jedem neuen Farbengesetz, in jeder astronomischen Tatsache oder jedem atmosphärischen Einfluß findet, das sich der Beobachtung oder der Analyse erschließt. Eine Wahrnehmung dieses Mysteriums inspiriert die Muse George Herberts, des trefflichen Psalmisten des siebzehnten Jahrhunderts. Die folgenden Zeilen sind ein Teil seines kleinen Gedichtes über den Menschen:

Der Mensch ist edle Wohlgestalt,
Mit schönem Maß fügt Glied zu Gliedern sich,
Wie alles rings umher.
Ein jedes nennt das Fernste Bruder.
Den Kopf und Fuß verbinden feine Bande,
Mit den Gezeiten und dem Monde.

Nichts ist so weit fortgeschritten,
Daß nicht der Mensch es zwingt und greift.
Den fernsten Stern trifft noch sein Blick,
Im kleinen ist der Mensch ein All.
Das Kraut heilt seinen Leib,
Damit es dort Verwandtschaft finde.

Für uns die Winde wehn,
Die Erde ruht, Himmel drehn und Quellen fließen.
Was wir auch sehn, für uns ist es gemacht,
Als Freude oder Schatz es dienen mag.
Das Ganze ist ein reich gedeckter Tisch
Und Hort glückvoller Pracht.

Die Sterne führen uns zum Ruhelager,
Die Nacht verdunkelt, was der Sonne Licht uns schenkt.
Musik und Licht dem Kopfe dienen,
Dem Leibe dient ein jeglich Ding
In seinem Niederstieg und Sein, wie auch dem Geiste,
Im Auferstehn und Werden.

Des Menschen Dienerschar
Ist größer als er denkt: Mit jedem Schritt
Tritt nieder er, was ihm zur Lindrung ist,
Wenn Leid ihn blaß und schwach dahingestreckt.
O Liebesmacht! Der Mensch ist eine Welt,
Und eine andre ist ihm Dienerschaft.

Der Einblick in derartige Wahrheiten bewirkt die Anziehungskraft der Wissenschaft auf die Menschen; aber in der Aufmerksamkeit auf die Mittel wird das Ziel aus den Augen verloren. Angesichts dieser Halbheit der Wissenschaft nehmen wir gern den Satz Platons an, daß »Dichtung der lebendigen Wahrheit näher kommt als Geschichte«. Jeder Vermutung und Weissagung des Geistes gebührt eine gewisse Achtung, und wir lernen, unvollständige Theorien sowie Aussagen, die einen Schimmer von Wahrheit enthalten, solchen durchdachten Systemen vorzuziehen, die keine Anregung von Wert enthalten. Ein weiser Schriftsteller wird fühlen, daß den Zielen des Studiums und der Darstellung am besten entsprochen wird, wenn er unentdeckte Regionen des Denkens bekannt macht und so dem trägen Geist durch Hoffnung neue Schaffenskräfte zuführt.

Ich werde deshalb diesen Aufsatz abschließen mit einigen Überlieferungen, die den Menschen und die Natur betreffen. Ein gewisser Dichter sang sie mir, und da sie immer in der Welt waren und vielleicht jedem Sänger wiedererscheinen, mögen sie zugleich Geschichte und Prophezeiung sein.

»Der Grund des Menschen liegt nicht in der Materie, sondern im Geiste. Das Element des Geistes aber ist die Ewigkeit. Darum sind für ihn die längsten Reihen von Ereignissen und die ältesten Chronologien jung und wie eben erst entstanden. Im Zeitenkreis des universellen Menschen, von dem alle bekannten Individuen ausgehen, sind Jahrhunderte Punkte und die gesamte Geschichte nur die Epoche einer Degradation.

Mißtrauend leugnen wir innerlich unsere Sympathie mit der Natur. Wir gestehen und verleugnen wechselweise unsere Verwandtschaft zu ihr. Wir sind wie Nebukadnezar, entthront, der Vernunft beraubt und Gras fressend wie ein Ochse. Aber wer kann der heilsamen Kraft des Geistes Grenzen setzen?

Der Mensch ist ein Gott in Trümmern. Wenn die Menschen unschuldig sind, wird das Leben länger währen, und es wird so sanft in die Unsterblichkeit hinübergleiten, wie wir aus Träumen erwachen. Nun wäre aber die Welt unsinnig und verrückt, wenn diese Zerrüttung Jahrhunderte andauern sollte. Tod und Kindheit halten sie in Zaum. Die Kindheit ist der immerwährende Messias, der den gefallenen Menschen zu Hilfe kommt und sie bittet, ins Paradies zurückzukehren.

Der Mensch ist sein eigener Zwerg. Einst war er durchdrungen und erfüllt vom Geist. Er erfüllte die Natur mit seinen überfließenden Strömen. Aus ihm entsprangen Sonne und Mond; aus dem Manne die Sonne, aus der Frau der Mond. Die Gesetzmäßigkeiten seines Geistes, die Perioden seiner Tätigkeit entäußerten sich in den Tag und die Nacht, in das Jahr und in die Jahreszeiten. Aber nachdem er sich diese gewaltige Schale geschaffen hatte, schwanden seine Wasser; er füllt nicht mehr die Adern und Äderchen; bis auf einen Tropfen ist er zusammengeschrumpft. Er sieht, daß das Gefüge seiner Form entspricht, ihm aber eigentlich zu groß geworden ist. Besser gesagt, einstmals war es ihm angepaßt, nun steht es mit ihm nur noch wie aus der Ferne und aus der Höhe in Verbindung. Furchtsam verehrt er sein eigenes Werk. Nun ist der Mann der Nachfolger der Sonne, und die Frau folgt dem Monde. Doch zuweilen schreckt er aus seinem Schlummer auf und wundert sich über sich selbst und seine Behausung und sinnt auf die Ähnlichkeit zwischen ihm und ihr. Er nimmt wahr, wenn auch sein Gesetz noch überragend ist, wenn er auch elementare Kraft noch haben soll, sein Wort noch etwas gilt in der Natur, daß es aber nicht bewußtes Vermögen ist, nicht seinem Willen unterlegen ist, sondern überlegen. Es ist Instinkt.« So sang mein orphischer Dichter.

Gegenwärtig verwendet der Mensch nur seine halbe Kraft auf die Natur. Er bearbeitet die Welt nur mit seinem Verstand. Er lebt in ihr und meistert sie mit Pfennigweisheit. Derjenige, der am meisten in ihr wirkt, ist nur ein Halbmensch, und während seine Arme auch stark sind und seine Verdauung gut, vertiert sein Geist, und er ist ein selbstsüchtiger Wilder. Sein Verhältnis zur Natur, seine Macht über sie, besteht durch den Verstand, wie als Beispiele in der Verwendung des Düngers, der wirtschaftlichen Nutzung des Feuers, des Windes, des Wassers und der Magnetnadel des Seemannes; wie auch durch Dampf, Kohle, den chemischen Landbau und die

Ausbesserungen am menschlichen Körper durch den Zahnarzt und den Chirurgen. Die Wiederaufnahme der Macht ist so, wie wenn ein verbannter König seine Länder Zoll für Zoll kaufen wollte, anstatt sich sofort auf seinen Thron zu setzen. Indessen ermangelt diese tiefe Finsternis nicht des Schimmers eines besseren Lichtes – gelegentliche Beispiele der Einwirkung des Menschen auf die Natur mit seiner ganzen Kraft – mit der Vernunft und dem Verstand. Solche Beispiele sind die Überlieferungen von Wundern in der frühesten Geschichte aller Länder: die Geschichte des Jesus Christus, die Errungenschaft eines Prinzips in religiösen und politischen Umwälzungen, die Abschaffung des Sklavenhandels, die Wunder der Begeisterung, wie sie von Swedenborg, Hohenlohe und den Zitterern berichtet werden, viele obskure und jetzt umstrittene Tatsachen, die mit dem Namen tierischer Magnetismus bezeichnet werden, das Gebet, die Beredsamkeit, Selbstheilung und die Weisheit der Kinder. Dies sind Beispiele für das momentane Ergreifen des Zepters durch die Vernunft; die Ausübung einer Kraft, die nicht besteht in Raum und Zeit, sondern eine augenblicklich einströmende, verursachende Kraft darstellt. Der Unterschied zwischen der tatsächlichen und der ideellen Kraft des Menschen wird trefflich von den Scholastikern vorgestellt, die sagen: Die Erkenntnis des Menschen ist eine Abenderkenntnis, *vespertina cognitio*, aber diejenige Gottes ist eine Morgenerkenntnis, *matutina cognitio*.

Das Problem, wie der Welt ursprüngliche und ewige Schönheit wiederzugeben sei, wird durch die Befreiung der Seele gelöst. Der Verfall oder die Leere, die wir sehen, wenn wir auf die Natur blicken, liegt in unserem eigenen Auge. Die Achse des Sehens fällt nicht mit der Achse der Dinge zusammen, und darum erscheinen sie als nicht durchscheinend, sondern als undurchsichtig. Der Grund, warum der Welt die Einheit mangelt und sie zerbrochen und in Trümmern daliegt, ist der, daß der Mensch mit sich uneins ist. Er vermag nicht ein Naturforscher zu werden, bis daß er alle Forderungen des Geistes erfüllt. Liebe ist ebenso eine Forderung wie die Wahrnehmung. In der Tat kann die eine ohne die andere nicht vollkommen sein. In der höchsten Bedeutung der Worte ist das Denken andachtsvoll und Andacht ist Denken. Tiefe ruft nach Tiefe. Aber im gegenwärtigen Leben ist diese Hochzeit noch nicht gefeiert. Es gibt unschuldige Menschen, die Gott nach der Tradition ihrer Väter verehren, ihr Pflichtgefühl aber hat sich noch nicht auf die Anwendung all ihrer Fähigkeiten erstreckt. Und es gibt geduldige Naturforscher, die aber ihren Gegenstand in der Winterkälte des Verstandes einfrieren lassen. Ist denn nicht auch das Gebet ein Streben nach Wahrheit – ein Ausbruch der Seele in das ungefundene Unendliche? Kein Mensch hat jemals von Herzen gebetet, ohne etwas zu lernen. Aber wenn ein aufrichtiger Denker entschlossen ist, jedes Objekt von persönlichen Beziehungen zu trennen und es im Lichte des Denkens zu sehen, dann wird er zur gleichen Zeit die Wissenschaft mit dem Feuer der heiligsten Begeisterung entzünden, dann wird Gott erneut in die Schöpfung eintreten.

Es wird nicht erforderlich sein, nach Gegenständen zu suchen, wenn einmal der Geist zu lernen bereit ist. Das unwandelbare Zeichen der Weisheit ist, das Wundervolle im Gewöhnlichen zu sehen. Was ist ein Tag? Was ist ein Jahr? Was ist der Sommer, was die Frau, was das Kind? Was ist der Schlaf? In unserer Blindheit scheinen uns diese Dinge nicht eindrucksvoll zu sein. Wir erdichten Fabeln, um die Schmucklosigkeit der Tatsache zu verbergen, um sie, wie wir sagen, mit einem höheren Gesetz des Geistes in Übereinstimmung zu bringen. Wird aber die Tatsache im Lichte einer Idee betrachtet, so verblaßt die lächerliche Fabel und schrumpft zusammen. Wir gewahren das wirklich höhere Gesetz. Für den Weisen ist darum eine Tatsache wahre Dichtung und die schönste aller Fabeln. Diese Wunder geschehen direkt vor unserer Türe. Auch du bist ein Mensch. Mann und Frau und ihr soziales Leben, Armut, die Mühen, der Schlaf, die Furcht und das Glück sind dir bekannt. Lerne, daß keines dieser Dinge nur Oberfläche ist, sondern jedes Phänomen seine Wurzeln in den Fähigkeiten und Affektionen des Geistes hat. Während die abstrakte Frage deinen Intellekt einnimmt, führt die Natur sie in die Konkretheit, um sie dir zur Beantwortung zu übergeben. Es wäre eine vernünftige Untersuchung, Punkt für Punkt, besonders in bedeutsamen Krisen des Lebens, unseren täglichen Werdegang mit dem Aufkommen und der Entfaltung der Ideen im Geiste zu vergleichen.

So werden wir dahin gelangen, die Welt mit neuen Augen zu sehen. Sie wird das endlose Forschen des Intellekts: – Was ist Wahrheit? und dasjenige des Gemüts: – Was ist gut? beantworten, indem sie sich dem ausgebildeten Willen nachgebend unterwirft. Dann wird das eintreten, was mein Dichter sagt: »Die Natur ist nicht fest, sondern fließend. Der Geist verändert, formt und schafft sie. Die Unbeweglichkeit oder unvernünftige Roheit der Natur ist die Abwesenheit des Geistes; dem reinen Geist ist sie fließend, ist sie ätherisch, ist sie gehorsam. Jeder Geist baut sich selbst eine Behausung auf, und jenseits seiner Behausung eine Welt und jenseits seiner Welt einen Himmel. Erkenne also, daß die Welt für dich besteht. Für dich ist die Erscheinung vollkommen. Nur was wir sind, können wir sehen. Was Adam besaß, was Cäsar vermochte, du kannst es haben und tun. Adam nannte sein Haus Himmel und Erde, Cäsar nannte sein Haus Rom, du das deinige vielleicht einen Schuhladen, hundert Morgen gepflügtes Ackerland oder eine Gelehrtenstube. Doch Linie um Linie, Punkt für Punkt, ist dein Reich ebenso groß wie das ihrige, auch wenn es keinen großen Namen hat. Baue darum deine eigene Welt. In dem Maße, wie du dein Leben mit der reinen Idee in deinem Geiste in Übereinstimmung bringst, wird sie ihre großartigen Verhältnisse entfalten. Eine entsprechende Umwälzung in den Dingen wird das Einströmen des Geistes begleiten. Ebenso werden unangenehme Erscheinungen schwinden; Schweine, Spinnen, Schlangen, die Pest, Irrenhäuser, Gefängnisse und Feinde. Sie sind zeitlich und werden nicht mehr sein. Schmutz und Unrat der Natur wird die Sonne ausdörren und der Wind ausdünsten. So wie der Sommer vom Süden heraufkommt und die Schneebänke schmilzt und das Antlitz der Erde ihm vorangehend grün wird, so wird der voranschreitende Geist sich seine Zier entlang seines Weges schaffen und mit sich bringen die Schönheit und das Lied, das ihn verzaubert; schöne Gesichter, warme Herzen, weise Reden und heldenhafte Taten wird er um sich scharen, bis alles Übel vergeht. Die Königsherrschaft des Menschen über die Natur, die nicht einhergeht mit der Beobachtung – ein Reich, wie es jetzt noch jenseits seines Traumes von Gott liegt –, er wird es antreten mit größerem Staunen, als es der Blinde empfindet, der allmählich sein vollkommenes Augenlicht wiedererlangt.«

# *Anhang*

# Anmerkungen

7 Sinnspruch der ersten Ausgabe von 1836 – Plotinzitat, *Plotin*, Enneaden, IV., 4. Buch Nr. 13.

20 … aus dem Gedicht »MAN« von *George Herbert* (1593–1633). Im VIII. Kapitel, Seiten 65–66, zitiert Emerson daraus fünf Strophen. In eigener Übertragung, der Übersetzer.

21 Der Schlauch des *Äolos*, siehe: *Homer, Odyssee, X. Gesang* »… Äolos schenkte dem Odysseus einen dick aufgeschwollenen Schlauch. In diesem waren sämtliche Winde eingeschlossen, die über die Erde dahinzuwehen pflegen. Äolos war von Zeus zum Verwalter der Winde bestimmt und hatte die Macht empfangen, die Winde nach seinem Willen loszulassen oder ihnen Ruhe zu gebieten…«.

23 Kosmos – universelle Ordnung oder Harmonie der Teile.

26 *Assyrien*, assyr. Ascheschur, im dritten Jahrtausend v. Chr. mächtiger Stadtstaat am Tigris. Ende des 2. und erste Hälfte des 1. Jahrtausends erreichte er seine größte Machtausdehnung, vom Persischen Golf über Syrien-Palästina bis nach Ägypten. 612 v. Chr. wurde die letzte Hauptstadt Ninive von Medern und Chaldäern zerstört.

*Paphos*, Palaipaphos, antike Stadt Zyperns, seit dem 13. Jh. v. Chr. von Phönikern besiedelt. In Paphos stand ein Heiligtum der Aphrodite Paphia, dessen Priester die Stadtkönige waren.

29 ... sagt *Sallust*. In anderen Ausgaben von *Nature* schreibt Emerson: »... sagt ein antiker Historiker.« – Es handelt sich hier um eine freie Wiedergabe einer Textstelle aus: The Works of Sallust, »Catiline's Conspiracy«, translated by Arthur Murphy, London, 1807, p. 2–4; möglicherweise Zitat aus Miltons »Apology for Smectymnus«.

*Gaius Sallustius Crispus Sallust* (86–34 v. Chr.), römischer Historiker.

*Edward Gibbon* (1737–1794), englischer Historiker, zitiert aus seinem Hauptwerk: »The History of the Decline and Fall of the Roman Empire«, 1776/88, London 1788, VI, 489.

*Leonidas*, spartanischer König (489–480 v. Chr.), verteidigte mit 300 Spartiaten den Engpaß der Thermopylen gegen die persische Übermacht (Xerxes). Durch den Verrat des Griechen Ephialtes gelang es den Persern, Leonidas zu besiegen. Hierüber berichten Herodot, Historien, V, VII, IX; Plutarch, Moralien, I, IV, V; und Montaigne in seinen Essays.

*Arnold von Winkelried*, Schweizer Held. Hier wird angesprochen der Sieg über die habsburgischen Ritter bei Sempach, 1386. Siehe auch: William Wordsworth, The Church of San Salvador, seen from the Lake of Lugano, in: Poetical Works, (4 vols.), Boston, 1824, III., 338–340.

30 *Sir Henry Vane* (1613–1662), puritanischer Staatsmann, Mitglied der Opposition im Bürgerparlament, später Gegner Cromwells, 4. Kolonialgouverneur Massachusetts. Er wurde wegen Verrat hingerichtet. Siehe dazu: Charles Wentworth Upham, »Life of Sir Henry Vane...«, Boston & London, 1835, S. 85–403.

*Lord William Russell* (1639–1683), der fünfte Sohn des Grafen Bedford, wurde wegen Teilnahme am Komplott des Herzogs von Monmouth hingerichtet.

... berichtet sein Biograph, *Lord John Russell* (1792–1878), in: »The Life of Lord William Russell« (Zitat?), 1819.

31 *Homer*, ca. 8. Jh. v. Chr., griechischer Dichter.

*Pindar* (um 518–um 446 v. Chr.), Lyriker in Theben.

*Sokrates* (469–399 v. Chr.), griechischer Philosoph.

*Phokion* (402–317 v. Chr.), Athener Staatsmann.

33 *Alles in Einem* (die Vielheit in der Einheit).

38 *Linnäus, Carl von Linné* (1707–1778), schwedischer Naturforscher, Botaniker und Arzt. Führte die binäre Nomenklatur ein, mit der er jeder Pflanze eine lateinische Doppelbezeichnung aus Gattungsname und Artname gab.

»... unterwarf das Pflanzenreich einem Gedankennetz aus den einfachen Zahlen von Zwei bis Sieben, indem er die Arten nach der Zahl der Blumenkronblätter bestimmte. ... Nur zur menschlichen Bewältigung der fast unendlichen Vielzahl der Gestalten benutzt man dieses System seit zweihundert Jahren zur praktischen Bestimmung der Art während der Außenarbeit...« zitiert aus: Diether Lauenstein, Das Ich und die Gesellschaft, S. 315, Stuttgart, 1974.

*Comte de Buffon (Georges Louis Leclerc, Graf von)* (1707–1778), französischer Naturforscher, regte die Herausgabe eines 44bändigen Werkes über die Naturgeschichte an.

39 *Paulus* an die Korinther, 1. Kor. 15.42–44.

46 *William Shakespeare* (etwa 1564–1616). Zitiert aus: Macbeth, III. Akt, 4. Szene. Dieses und die folgenden Zitate aus Shakespeare. In eigener Übertragung, der Übersetzer.

*Pythagoras* (um 582–493 v. Chr.), griechischer Philosoph aus Samos.

*Platon* (427–347 v. Chr.), griechischer Philosoph.

*Bacon, Francis, Baron von Verulam* (1561–1626), englischer Philosoph und Staatsmann.

*Leibniz, Gottfried Wilhelm von* (1646–1716), deutscher Philosoph.

*Swedenborg, Emanuel von* (1688–1772), schwedischer Naturforscher und Theosoph. Theologische Schriften, Jena, 1904.

47 ... sagt ein französischer Philosoph, *Guillaume Caspar Lencroy Oegger*, oder: *Wilhelm Caspar Ludwig Oegger*, in: Le Vrai Messie, ou l'Ancien et le Nouveau Testaments examinés d'après les principes de la langue de la nature, Paris, 1829, Übersetzung von Elizabeth Palmer Peabody, Manuskript, 1835; erschienen als: The True Messiah, ..., Boston, 1842, S. 3 ff.

47 … das grundlegende Gesetz der Kritik, nach *George Fox*, siehe: *William Sewell*, The History of the Christian People called the Quakers, 2 vols., Philadelphia, 1823, 1, 115.

… jedes Ding…, nach *Kenneth Walter Cameron* handelt es sich hier um Emersons Übersetzung eines Goethe-Wortes: »Der Mensch kennt nur sich selbst, insofern er die Welt kennt, die er in sich und sich in ihr gewahr wird. Jeder neue Gegenstand wohl beschaut, schließt ein neues Organ in uns auf.« Diese Textstelle konnte nicht genau ermittelt werden. Zitiert nach: Cameron, K. W., Young Emerson's Transcendental Vision, Hartford, Conn., 1971, Seite 573.

50 … daß »gute Gedanken,…«, es handelt sich hier um Emersons freie Wiedergabe einer Textstelle aus *Francis Bacon*, *The Essayes*, 1597, Essays of Francis Bacon, Everyman's Library, London, Essay XI, Of Great Place, 31–32.

53 … »Was wir wissen…«, wahrscheinlich: *Joseph Butler* (1692–1752), englischer Theologe. Siehe Hinweis in Emersons Tagebuch, Journal, VI. 64.

Da es im Englischen für alle drei Personen nur einen Artikel gibt, vergleiche hierzu:

*Matthäus*, 21,5: …die Eselin und das Füllen…

*Markus*, 11,1–11: … ein Eselsfüllen…, auf dem noch nie ein Mensch gesessen hat…

*Lukas*, 19,28–38: wie bei Markus

*Johannes*, 12,12–16: …und Jesus fand ein Eselsfüllen und setzte sich darauf…

57 *Xenophanes von Elea* (um 570–480 v. Chr.), griechischer Philosoph.

*Proteus* = weissagender Meeresgott auf der Insel Pharos vor Ägypten. Um nicht prophezeien zu müssen, konnte er verschiedene Formen und Gestalten annehmen. Siehe: Homer, Odyssee, IV. Im Englischen ist daraus ein Ausdruck für Wechselhaftigkeit und Vielgestaltigkeit bei Menschen und Dingen geworden.

58 *Madame de Staël*, Anne Louise Germaine, Baronne de Staël-Holstein (1766–1817), französische Schriftstellerin, siehe: Corinne ou l'Italie, 1807, IV., Kap. 3. Mit ihrem Hauptwerk: »De l'Allemagne«, 1810 (dt. »Deutschland«) prägte sie die Vorstellung von Deutschland als einem verträumten Land von Dichtern und Philosophen. Vergleiche hierzu Seite 26.

*Johann Wolfgang von Goethe* (1749–1832), siehe: Johann Peter Eckermann, Gespräche mit Goethe in den letzten Jahren seines Lebens, Montag, den 23. März 1829. Siehe auch: *Goethe*, Sprüche in Prosa, Nr. 902, Verlag Freies Geistesleben, Stuttgart, 1967.

*Marcus Vitruvius Pollio*, römischer Architekt im 1. Jh. v. Chr., zur Zeit des Kaisers Augustus. Aus: »De Architectura«, 1. Buch, Kap. 1., 8. Abschnitt. Dieses Buch wurde erst im 15. Jh. wiederentdeckt.

*Samuel Taylor Coleridge* (1772–1834), englischer Dichter, Philosoph und Schriftsteller. Emerson zitiert aus: »A Lecture on the General Characteristics of the Gothic Mind in the Middle Ages«, 1836.

*Michelangelo, Michelangniolo Buonaroti* (1475–1564), ital. Bildhauer, Maler, Baumeister und Dichter.

*Haydn, Franz Joseph* (1732–1809), österreichischer Komponist.

59 *Omne verum vero consonat* – Alles Wahre harmonisiert in Wahrem.

Emerson zitiert aus *Goethes Wilhelm Meisters Wanderjahre*, erstes Buch, viertes Kapitel, mit leichten Abwandlungen. Der Originaltext lautet: »... und der beste, wenn er Eins tut, tut er alles, oder, um weniger paradox zu sein, in dem Einen, was er recht tut, sieht er das Gleichnis von allem, was recht getan wird.«

66 Die *camera obscura* ist ein lichtdichter Kasten mit einer kleinen runden Öffnung, durch die Licht eintreten kann und auf der gegenüberliegenden Seite ein umgekehrtes Bild erzeugt. Sie wurde zuerst von Leonardo da Vinci konstruiert.

68 *Shakespeare, William*, Sonett LXX.

69 *Shakespeare, William*, Sonette, CXXIV. Emerson zitiert mit leichten Abwandlungen. Die Übersetzung erfolgte nach dem Originaltext. (Der Übersetzer.)

*Shakespeare, William*, aus: Maß für Maß, IV. Akt, 1. Szene, die Zeilen 1–4.

70 *Shakespeare, William*, Der Sturm, V. Akt, 1. Szene, 46–68.

71 »... das Problem der Philosophie...«. Emerson zitiert aus: *Samuel Taylor Coleridge*, The Friend, 1818, Volume III., Essay V, 461 (Essays on the

Principles of Method), London, 1969. Dieser Satz wird dort Platon zugesprochen. Es ist nachgewiesen, daß dieser Satz aus *Kants Kritik der reinen Vernunft* stammt, A. 307. Siehe: *René Wellek*, Emerson and German Philosophy, in: The New England Quarterly, XVI. March 1943, p. 42.

72 ... Bemerkung *Eulers:* Zitiert nach Samuel Taylor Coleridge, The Friend, S. 476. Die Textstelle bei Euler konnte nicht ermittelt werden.

*Leonhard Euler* (1707–1783), Schweizer Mathematiker, Physiker und Philosoph.

*Turgot* sagt, Emerson zitiert aus: Dugald Stewart, Account of the Life and Writings of Thomas Reid, Edinburgh & London, 1803, p. 271.

*Anne Robert Jacques Turgot* (1727–1781), französischer Staatsmann und Nationalökonom.

73 paraphrasiert aus dem Buch der Sprüche VIII, 23, 27, 28, 30.

74 *George Berkeley* (1685–1781), englischer Philosoph. Zur Philosophie des Berkeley siehe Rudolf Steiner, Die Rätsel der Philosophie, Bd. I, und: Die Philosophie der Freiheit, IV. Kap.

*Viasa*, *Vyasa*, Dwapayana oder Krishna Dwapayana mit dem Beinamen Vyasa, berühmte Persönlichkeit in der Geschichte des Hinduismus. Siehe: *Friedrich von Schlegel*, Philosophie der Geschichte, fünfte und sechste Vorlesung.

75 *Die Manichäer*, *Manichäismus*, Lehre des Persers *Mani* (Manes, Manichäus), (um 216–etwa 276).

*Plotin* (203–270), griechischer Philosoph.

... zu den Fleischtöpfen Ägyptens... Vgl.: Exodus 16,3.
*Michelangelo*, Sonett LI 11,9–11.
82 Zitiert aus: *John Milton* (1608–1674), englischer Dichter, Comus II, 13–14. In eigener Übertragung, der Übersetzer.
86 Das York-Münster, Kathedrale in York, England. *George Herbert* (1593–1633), englischer Dichter. Die hier zitierten Verse stammen aus seinem Gedicht »Man«, Vers 3–6 und 8. In eigener Übertragung, der Übersetzer.
88 ... Satz *Platons*..., kann bei Platon nicht eindeutig nachgewiesen werden. Möglicherweise: Der Staat, Buch V., 471C–541B. Cameron weist auf Aristoteles' De Poetica, 9. Kap. als mögliche Quelle hin (Kenneth Walter Cameron, Emerson The Essayist, Raleigh, 1945, Volume I, S. 40).
89 *Nebukadnezar*, vergleiche hierzu: Daniel 4, 25, 31–33.
92 *Swedenborg, Emanuel von*, siehe S. 104.
*Hohenlohe, Prinz Alexander Leopold von Hohenlohe-Waldenberg-Schillingsfürst* (1794–1849), katholischer Priester, Titularbischof und Schriftsteller.
Die *Zitterer* (engl. Shakers), religiöse Gemeinschaft, die von *Ann Lee* (1736 Manchester, England – 1784) 1774 in Amerika in New Lebanon bei Albany im Staate New York gegründet wurde. Siehe unter: ›The United Society of Believers in Christ's Second Appearing.‹ Von ihnen herausgegeben ist die Schrift: ›A Summary View of the Mellenial Church, or United Society of Believers,

(commonly called Shakers,) comprising the rise, progress, and practical order of the Society‹, Albany, N. Y., U.S.A., 1823.

93 Siehe: *Aurelius Augustinus* (354–430), Der Gottesstaat, Buch XI, Kapitel VII und XXIX; *Thomas von Aquin*, Summa Theologia, Teil I, Quaestio, LVIII, Art. 6, Quaestio, LXXIV, Art. 3.

Herman Grimm

# Ralph Waldo Emerson

Die Amerikaner sind uns voraus in Ausnützung der täglichen Presse. Bei Longfellows [1] Tode fiel mir auf, als ich die New Yorker und Bostoner Blätter las, wie intim der Verkehr derer sei, die etwas zu sagen haben, mit denen, die etwas hören möchten. Die *Tribune* war wie New York selber erfüllt auf einige Tage von Longfellow. Reihen von Artikeln brachte sie über den Mann, dessen Verlust jedes Haus betraf und über den viele etwas zu sagen hatten. Durch eine Fülle freiwilliger Zeugenaussagen wurde das gesamte Publikum wie zu einer Jury über alles Longfellow Betreffende gemacht. Jeder Sorte Meinung ward ihr recht. Jedermann wählte aus diesen Mitteilungen, was ihm am meisten zusagte.

Dies gleiche Verfahren wiederholt sich jetzt bei Emerson. Emerson hatte noch an Longfellows Leichenbegängnis teilgenommen. Am 27. April brachte der Telegraph die Nachricht von seinem Tode herüber. Vierzehn Tage später kamen die Zeitungen nach. Wiederum war auf allen Blättern sein Name nun an erster Stelle zu lesen.

Zwischen dem, was über Longfellow und Emerson so gesagt worden ist, waltet jedoch ein Unterschied. Longfellow stellte man hoch, wie er es verdient hat, und die Lorbeeren wurden nicht gespart. Die Urteile über ihn lauteten ganz sicher. Man wußte, mit wem man zu tun hatte. Longfellow war ein Dichter und seine Stellung zur Weltliteratur oft besprochen worden. Es konnte kein Zweifel darüber sein, was ihm gebühre. Bei Emerson war der Ton, in dem man sprach, höher und niedriger zu gleicher Zeit. Es klang, als bliebe etwas unausgesprochen. Die Wirkung der Schriften Emersons und seiner Persönlichkeit ging tiefer als bei Longfellow, aber nicht so sichtbar in die Breite als bei diesem. Emerson trug keinen offiziellen Titel für das, was er war. Er begann als Prediger, gab das Predigen dann auf und zog sich als Schriftsteller in eine Art Einsamkeit zurück, in der er verblieb. Die einen nennen ihn jetzt »Essayisten«, die andern einen Philosophen, die dritten ihn einen Dichter, manche auch alles Dreies zusammen. Wieder anderen genügt das nicht, sie sagen, Emerson sei ein Prophet gewesen. Darin stimmt man heute wohl überein: daß Emerson einer der größten Männer war, die Amerika hervorgebracht habe. Dies besonders auszusprechen aber, wenn es einmal angenommen wird, scheint überflüssig, und es im einzelnen zu begründen, darf späteren Generationen überlassen bleiben. Eine der auf Emerson gehaltenen Reden hebt an: nur Shakespeare könne neben Emerson genannt werden. Wem wäre soviel zu sagen bei Longfellow eingefallen? Man sollte meinen, wer eine Rede so begonnen, werde seine Behauptung nun begründen: Aber der Verfolg ist in so gemäßigtem Tone gehalten, als bedürfe es keiner Beweise für den Satz, sondern jeder sei einverstanden und man habe sich damit begnügen dürfen, daran zu erinnern. Bei allem, was ich jetzt über Emerson lese, gilt als natürliche Voraussetzung, jeder Amerikaner kenne ihn und wisse, was das Land an ihm gehabt und an ihm verloren habe.

Von Emersons Lebensdaten ist wenig zu sagen. Er wurde am 25. Mai 1803 in Boston geboren, studierte Theologie bis 1826, begann 1827 zu predigen und zog sich 1835 nach Concord zurück, die kleine Stadt, die acht Generationen früher von einem seiner Vorfahren gegründet worden war. 1832 ging Emerson zuerst nach Europa, wo er Frankreich, Italien und England sah. 1836 erschien *Nature*. 1847 besuchte er England zum zweiten Mal und veröffentlichte hinterher die *English Traits*. Sein letztes Buch, *Society and Solitude*, kam 1870 heraus, 1871 die letzte Sammlung seiner Schriften. Sein Leben hatte nichts Romantisches. Nie fiel frappantes Licht auf ihn. Es bedarf nicht einmal der chronologischen Aufzählung seiner Schriften, die fast alle derselben Art sind und deren keine augenblicklichen Erfolg hatte. *Nature*, obgleich das Buch – wenn man den ausgedehnten Aufsatz so nennen will – einschlug, brauchte zwölf Jahre, ehe 500 Exemplare abgesetzt waren. Es wird von vielen für das beste gehalten, was Emerson geschrieben hat. Es zeigt seine eigentümliche Art, die Dinge anzufassen, bereits in voller Ausbildung und ist am meisten geeignet, uns in seine Anschauungen einzuführen.

Emerson geht von einem Gedanken aus, der Amerika früher bewegt hat als uns.

Auch uns steigt heute die Frage auf, wie es den folgenden Generationen möglich sein werde, die ungeheuren geistigen Vorräte, die, seit Jahrhunderten zusammengebracht, noch immer in kolossaler Weise vermehrt werden, zu bewältigen, ohne der eigenen Arbeit Eintrag zu tun. Unsere besten Kräfte scheinen kaum auszureichen, das vor uns Getane auch nur zu überblicken. Es würde als eine Wohltat begrüßt werden, wenn jemand überzeugend bewiese, es dürfe von dem endlosen geistigen Nachlasse der Vorfahren abgesehen und mit wenig Handgepäck weiter fortgeschritten werden.

Den Amerikanern, als sie anfingen auch geistige Reichtümer zu erwerben, mußte diese Frage schon deshalb mehr Besorgnis erregen, weil sie nicht wie wir daran gewöhnt waren, den Rücken zu beugen. Emersons *Nature* entsprang den Gefühlen eines Mannes, der tief genug in die europäische Literatur eingedrungen war, um ermessen zu können, was bei der Erringung dieser Reichtümer auch verloren werden könne. Zum Übermaß ist Goethes Vers zitiert worden von den Ritterburgen und Basalten, die Amerika fehlten, und wie man es dort deshalb besser habe. Emerson verlangte, daß seinem Volke der Vorteil gewahrt bleibe, sich die unbefangene Kritik des Geschehenen nicht durch Herübernahme der europäischen historischen Lasten verkümmern zu lassen. »Unsere Zeit«, beginnt *Nature*, »blickt hinter sich. Wir errichten unsern Vätern Grabmonumente, schreiben Geschichte, Biographien, Kritiken. Frühere Geschlechter hatten Gott und Natur von Angesicht zu Angesicht vor Augen: wir glauben nur an das, was andere vor Zeiten gesehen haben. Warum sollen wir der Schöpfung nicht frei entgegentreten wie sie? Warum nicht unsere Dichtkunst und unsere Philosophie aus dem ewig sich erneuenden Wesen der Dinge formen, statt immer nur auf das Überlieferte zurückzugehen? Dauert die Offenbarung nicht fort? Umgibt uns nicht der lebendige Atem des neuesten Frühlings heute mit unverminderter Kraft und füllt auch unser Herz mit ahnungsvoller Sehnsucht? Sollen wir immer nur mit den Händen in dürren Gebeinen wühlen und das heutige Leben nur verstehen, insoweit es als Maskerade längst vergangene Zeiten zu wiederholen scheint?« Und nun entwickelt Emerson das, was er seine »Theorie der Natur« oder »des Lebendigen« oder »der Schöpfung« nennt. Nicht im Sinne der exakten Naturwissenschaft, sondern indem er alles Sichtbare in einfache Kategorien bringt und den heutigen Menschen als regierenden Herrn mitten hineinstellt.

Wie sehr Emerson hier das vorausgeahnt hat, was heute in Amerika der vorherrschende Gedanke ist, oder wie sehr jene Lehre Emersons dem heutigen Amerika in Fleisch und Blut übergegangen sei, zeigt die Beschaffenheit des dort sich regenden wissenschaftlichen Lebens. Bei uns geht man aus von dem, was die Wissenschaft für sich verlange – gewiß der höhere Standpunkt; in Amerika von dem, was den Lernenden dienlich sei – in vielen Fällen der praktischere und besser zum Ziele führende. Zuerst sollen die Lebenden zu ihrem Rechte kommen. Ich empfing dieser Tage das letzte Jahrbuch der Cornell-Universität. Sie ist von dem Privatmanne, dessen Namen sie trägt, gestiftet worden. Auf dem Titel des Jahrbuches ist Cornells

Porträt gegeben mit der Umschrift: »Ich möchte eine Anstalt gründen, in der jedermann sich in jeder Weise unterrichten könnte.« Unter dem allgemeinen Titel: *Departments and Special Courses of Study* finde ich in dem Buche einen Abschnitt, welcher eine Auswahl vorgeschriebener Studienpläne als Vorbereitungen zukünftiger Lebensstellungen enthält. Theologie und Jura sind ausgeschlossen, sonst von *Agriculture* bis *Sciences and Lettres* alles berücksichtigt, was überhaupt wissenschaftlicher Vorbereitung bedarf. Mit voller Kenntnis des Volkscharakters sind dem Studenten eine Anzahl Karrieren in Aussicht gestellt und die Stufen angegeben, auf denen er fortschreitet. Ich nenne das Beispiel, weil es sich zufällig darbietet. Wer Gelegenheit gehabt hat, amerikanische Professoren und Studenten kennenzulernen, wird die einfache Art bemerkt haben, mit der sie auf die Hauptsachen losgehen, mit welcher unbefangenen Frische sie sich zurechtzufinden wissen. Der Amerikaner sucht alles zu umfassen und auf dem kürzesten Wege sich anzueignen. Emersons Lehre ist die von der Souveränität der Persönlichkeit. Zu erkennen, wofür ein junger Mensch gut sei, und ihn rücksichtslos für den Weg, den er einschlagen will, auszurüsten, ist die große Pflicht, auf die er hinweist. Emersons Essays sind im Hinblick auf dieses Ziel geschrieben. Er will die Menschen unabhängig machen. Er entfaltet vor den Augen des Idealisten die großartigen Erfolge der realen Tätigkeit und breitet vor den Blicken des Realisten die Hoheit der idealen Gedankenarbeit aus. Niemand soll sich durch einseitigen Einfluß zu unrichtiger Wahl der Aufgabe verleiten lassen, für die er sein Leben einsetzen will. Emersons Essays sind gedruckte Predigten gleichsam, die sämtlich denselben Text haben.

Der Übergang vom Prediger zum freien Redner war an sich ein natürlicher in Amerika, wo die Produktion an Gedanken hinter der unsrigen zurücksteht, der Austausch der Gedanken aber ein intensiverer ist als bei uns. Emerson hatte einen großen Vorgänger gehabt, den ich auch deshalb nenne, weil sich hierbei zeigt, worauf Emerson sich bei seiner Wirksamkeit doch wieder beschränkte. Channing [2], der »Apostel der Unitarier«, war, wie Emerson zuerst, nur ein Prediger. Channing aber wußte Volksversammlungen unter freiem Himmel zu bewältigen, während Emerson am liebsten doch wohl vor Zuhörern in geschlossenen Räumen sprach oder Vorlesungen hielt. Sein Wort übertönte die Unruhe der Hörenden nicht, sondern bedurfte andächtiger Stille. Er hatte nichts in seinen Worten wie in seiner Erscheinung, das erregte und direkt zu bestimmten Gedanken begeistert hätte. Er deutete nur die Richtung an, in der man gehen müsse.

Von dem Beglückenden seiner Erscheinung erzählen jetzt manche. Carlyle habe gesagt, als er Emerson kennenlernte: [3] »Er sei wie eine himmlische Vision zu ihm herabgestiegen.« Jemand berichtet, wie er mit andern Knaben einst Emerson unwillkürlich gegrüßt, als dieser die Straße herabgekommen, und wie freundlich er dafür gedankt. »Sagt Emerson, ich liebte und verehrte ihn«, verlangte Sumner [4], als er im Sterben lag. Die frühesten Erinnerungen an Emerson fand ich in den Reisebriefen der Frederika Bremer [5], die ihn zu

Anfang der dreißiger Jahre in Concord aufsuchte. Sie gibt zu, daß er ihr problematisch geblieben sei. Sie hielt seine ruhige, scharfe Art, die Dinge zu beurteilen, anfangs für Hochmut und gesteht zugleich ein, sein Wesen habe einen Eindruck auf sie gemacht, ganz verschieden von dem, den andere hochmütige Naturen auf sie gemacht hätten. »Es wohnt in diesem Manne ein höherer Geist«, schließt sie. Das war noch vor den Zeiten, an die heute erinnert wird als die, wo Emersons Schriften »den jungen Leuten schlaflose Nächte bereiteten«, wie Emerson selbst in seiner Einleitung von denen Carlyles gesagt hatte. Seine Sätze legen sich in der Tat wie Ketten um uns; sie scheinen nicht geschrieben, sondern in Erz gegraben zu sein, als habe Emerson eine Ahnung gehabt, daß sie für viele Jahrhunderte bestimmt seien. Man pflegt von Unsterblichkeit nicht zu reden, solange Menschen noch leben, Whittier[6] aber, der amerikanische Dichter, sprach vor Jahren bereits aus: Kein lebender Dichter von allen, die in englischer Sprache schrieben, habe Verse gedichtet, denen so deutlich der Stempel unsterblicher Dauer aufgeprägt sei, als denen Emersons. Tyndall[7] sagt, wenn er von irgend jemand sagen könne, daß er seinem Geiste Anstoß und Richtung gegeben, so sei es Emerson; was irgend von ihm geleistet worden sei, verdanke die Welt Emerson. In ähnlicher Weise, fügt der Verfasser des Artikels, dem diese Äußerung des berühmten Physikers entnommen ist, hinzu, würden Hunderte in England und Amerika sich aussprechen können, die alle Emerson die anfängliche geistige Anregung, das, worauf es im Leben zumeist ankommt, zu verdanken gehabt. Höheres kann ein Mann von einem anderen nicht sagen. Danach hat es nichts Erstaunliches, wenn wir heute in jenen Zeitungen einfach, als werde eine feste historische Tatsache mitgeteilt, lesen, Emerson sei es gewesen, von dem die heutige Epoche geistigen Daseins in Amerika geformt worden sei.

Ich lernte Emersons Schriften vor langen Jahren kennen, als ich noch jung war und kaum so viel Englisch verstand, um in sie einzudringen. Nie habe ich so eifrig eine Sprache studiert als damals. Es schien mir oft unmöglich, auf den Grund der Sätze zu kommen. Ich kann nicht wissen, welchen Eindruck mir diese Schriften jetzt, 30 Jahre später, machen würden, wenn sie mir heute zum ersten Male in die Hände kämen. Man verhärtet mit der Zeit und befaßt sich weniger freiwillig mit Fremdem. Damals hatte ich das Gefühl, als wisse, so weit meine Blicke reichten, niemand solche Dinge zu sagen und die Dinge so zu sagen wie Emerson. Es ging eine sonnige Weltanschauung von ihm aus, ein Vergleich, den ich jetzt oft wiederholt finde. Er schien mir die höchste Anschauung des Vergangenen und Gegenwärtigen auszusprechen. Ich suchte Emerson kritisch zu untersuchen. Aber es gelang mir nie. Es wohnte ihm eine Kraft inne, die er mit niemand gemein hatte. Ein Gemälde Giottos in Assisi zeigt den Hl. Franziskus, wie er eine Frau, die ohne Beichte gestorben war, zum Leben wiedererweckt, nur auf so lange, als es bedurfte, um ihm zu beichten. Die Frau richtet sich von der Bahre auf, und er beugt sich zu ihr herab. So schien mir, als habe Emerson die Dinge erweckt und mit Stimme begabt, um ihre Geheimnisse zu beichten, und er wisse noch viel mehr davon, als er ausspreche. Emerson hat eine unbegreifliche Art, den Leser in das Gefühl der Dinge hineinzuversetzen, ohne daß er sie beschreibt oder darstellt und ohne daß eine irgendwie sichtbare Kunst, wie er dies vollbringe, zu erkennen ist. Man gestatte mir noch einen Vergleich. Wie der Wind, der nachts durch den Wald oder über eine Wiese geflogen ist, uns den Atem der Bäume und Gräser und Blumen zuträgt, die wir nicht mit Augen sehen, hüllt Emerson uns in ein Gefühl der Dinge ein, als umgäben sie uns. Was ich damals in der Stille dachte, höre ich heute als die Empfindung vieler aussprechen, als habe man von Anfang an überall nicht anders gedacht. Goethe sagt: »Unmöglich ist's, dem Tag den Tag zu zeigen.« Er meint, das Geheimnis der Gegenwart sei der Gegenwart selbst nicht klarzulegen, der Zusammenhang der in unendlichen Verschlingungen sich fortentwickelnden Erlebnisse der Menschheit, die wie eine unübersehbare Herde von der Vorsehung Tag und Nacht weitergetrieben wird. Wir fühlen den Zwang und gehorchen. Wir fragen schüchtern, wohin und woher? Überall wird geschrien, man wisse es: Keiner aber glaubt diesen Stimmen. Emerson hat nie behauptet, er wisse mehr als andere, aber seine Sätze flößen das Gefühl ein, als sei dem doch so. Als könne man aus ihnen vielleicht eine Antwort ziehen, ohne daß er selber darum wisse. Seine Worte schienen mir zu verschiedenen Zeiten verschiedener Auslegung fähig. Seine Gedanken kamen mir manchmal vor wie die einzelnen Verse eines endlosen Gedichtes, dessen Plan sich ihm selber erst einmal enthüllen werde. Ich hatte lange keinen Blick in Emersons Schriften getan: Als das Telegramm kam mit der Todesnachricht, nahm ich die zweibändige Ausgabe seiner Werke von 1871 herab, die George Bancroft[8] mir einmal geschenkt, schlug auf und las. Der Reichtum und die Harmonie dieser Sprache umfingen und überwältigten mich aufs neue. Ich wüßte auch heute nicht zu sagen, worin das Geheimnis seines Einflusses liege. Es ist ganz persönlicher Art.

Was er geschrieben hat, gleicht dem nicht abbrechenden Leben des Tages selber, wie es sich in ewig neu anschließenden Atomen von Ereignissen fortsetzt. Emersons Sätze fließen oft monoton und akzentlos. Es sind Gedankenreihen. Er scheint, wo er anhebt, nur wie nach einer Pause in einer Rede fortzufahren, deren Anfang wir nicht hören, und, wo er schließt, nur eine Pause machen zu wollen, um dann weiterzureden. Jemand berichtet, wie er Emerson einmal am Tage vor einer Vorlesung besucht und umgeben gefunden habe von Papieren, aus denen er seinen Stoff zusammenlas. Das Zufällige dieser Art zu schaffen beeinträchtigt den Wert seiner Schriften nicht. Wollte man diese, mit Abzug etwa der Einleitungen, alle typographisch so zusammendrucken, daß sie eine einzige lange Spalte bildeten, so würde man Absätze weder suchen noch vermissen. Es wäre wie das fortlaufende Gedankenpanorama eines Menschen. Jede Minute scheint bei ihm ihre besondere Frucht getragen zu haben. Emerson scheint nie mehr geben zu wollen, als was ihm im Moment vor die Seele tritt. Er hat nie ein System aufgestellt. Er hat sich nie verteidigt. Er spricht, als wäre er nie angegriffen worden und seien alle Menschen seine Freunde und seiner Meinung. Er ist nie hastig oder gibt irgend etwas den Vorzug. Er sucht nie stilistische Effekte. Er redet gelassen, als übersetzte er aus einer fremden Sprache, die nur ihm bekannt sei. Er wendet sich stets an das gleiche Publikum: die unbekannte Masse derer, die ihn kaufen und lesen oder ihm zuhören wollen. Immer redet er ihr mit derselben männlichen Freundlichkeit zu. Nichts leichter, als einen Mann, der so verfährt, für einen hohlen Idealisten zu erklären, einen Dilettanten, der nur deshalb so über allem schwebe, was die Welt beherbergt, weil er eben nirgends recht zu Hause sei. Vorwürfe dieser Art sind Emerson nicht erspart geblieben, denn gegen niemand ist die Welt mit Recht so scharf und unbarmherzig als gegen den, der den Anspruch stellt, man solle ihm in den höchsten Gedanken einfach Glauben schenken. Heute scheint man aufgehört zu haben, die Überfülle von Kenntnis jeder Art, die Emerson verwertet, für den Apparat anzusehen, mit dem ein eitler Redner das Publikum zu überraschen und anzuziehen sucht. Man hat entdeckt, daß, wenn Emerson Gegensätze aufstellt, in der Tat Gegensätze vorhanden sind. Auch die Natur überrascht uns durch blendende Lichter und Beleuchtungen. Man sieht, um auch dies zu erwähnen, bei Emerson, wie man bei Channing getan, als Nebensache an, daß er Unitarier war. In seiner Jugend zeigt sich dies schärfer, und daß er sich früh zurückzog und zu predigen aufhörte, hing mit seinen religiösen Überzeugungen zusammen. In seinen Schriften aber tritt nichts Religiöses hervor, das anders Glaubenden

Anstoß zu erregen vermöchte oder das – wenn man nicht absichtlich danach suchen will – an die Lehren der Unitarier erinnerte.

Emerson hat nun abgeschlossen. Der Versuch, ihn zu klassifizieren, wird doch immer wieder gemacht werden müssen.

Einstweilen empfindet man in Amerika nur den Verlust. Emerson war einer der Repräsentanten des Volksgewissens. Die heutigen Verkehrsmittel rücken die Bürger eines Landes so nahe zusammen, daß sie sich näher fühlen als ehedem die von denselben engen Mauern zusammengehegten Bürger einer Stadt. Man verschwieg in den alten Städten mehr und verfolgte sich mehr als heute wegen abweichender Meinungen. Emerson war eine moralische höchste Instanz für viele und seine Existenz eine Beruhigung für das Land. Bei seinem Tode fühlt Amerika jetzt nicht nur, daß es um seinen »besten Mann« ärmer geworden sei, sondern zugleich, daß Emerson der letzte einer Reihe von Männern war, die mit ihm ausgestorben zu sein scheinen. Er und Longfellow werden als die letzten Teilhaber an einer großen geistigen Bewegung angesehen, die nun ihren Abschluß gefunden habe. Emerson selbst bereits bildete den Übergang aber zu dem, was heute an die Stelle des Früheren getreten ist. Er wendet sich schon nicht mehr vorzugsweise an die, welche lesen oder gelesen haben, sondern an die, die nur Ohren haben, um zu hören. Bret Harte[9] beschreibt in einer seiner Novellen das Häuschen eines Ansiedlers im fernen Westen: von geistigem Hausrat finden sich da nur Shakespeares Werke und Emersons Porträt an der

Wand. Emerson, sahen wir, wird neben Shakespeare gestellt: Er gleicht ihm auch darin, daß er ohne Vorbereitung verstanden werden kann. In diesem Sinne wohl wird von Emerson, obgleich er verhältnismäßig wenig Verse geschrieben hat, heute gesagt, er sei eigentlich kein Philosoph, sondern ein Dichter gewesen. Wollte man den Vergleich mit Shakespeare aufnehmen, so könnte auf das Emporquellende und den Gedankenreichtum hingewiesen werden, auch auf die Genauigkeit, mit der er überall, wo er einen Vergleich gebraucht, ihn aus eigener Erfahrung gegeben zu haben scheint, und auf den Mangel an Vorliebe für irgend etwas. Goethe würde er gleichen in dem Bestreben, alles im Bereiche der Wissenschaft sich anzueignen, und in der Neigung, sich trotzdem den Vereinigungen der Gelehrten fernzuhalten, zugleich aber dennoch wieder, ohne sich zu ihnen in Gegensatz zu bringen. An Schiller würde der ästhetisch-politische Sinn seiner Schriften erinnern, aus dem, wie bei Schiller, seine demokratische Gesinnung herausleuchtet. Emerson glaubte gleich Schiller an die Überlegenheit des unschuldig ideal denkenden Menschen über Staatskunst und Ränke. Die Ahnung einer großen Zukunft empfangen auch wir jetzt noch durch Schiller, die Gewißheit vom endlichen Erscheinen eines einfacheren, heroischen Volkes, in dem jeder wie Wallensteins Max auf unsere heutigen Schleichwege herabblicken wird. Diese Nation der Zukunft, an die wir alle glauben, verkündigte auch Emerson seinen Amerikanern. Emerson gliche auch darin Schiller, daß er unmittelbar zu wirken suchte und ohne weiteres alles anfaßte, sobald nötig war, daß davon die Rede sei, während Goethe nur annahm, was seiner Natur zusagte, und das übrige zurückschob. Emerson spricht, was auch Augustinus so gut verstand, über die heikelsten Dinge, ohne die Stimme zu mäßigen, sondern frei und unbefangen, daß Kinder zuhören können. Mit wunderbarem Scharfsinn reduziert er die verwickeltsten Fragen auf einfache Formeln.

Dies tritt besonders bei seinen *English Traits* hervor, die er erst verfaßt hat, nachdem er zweimal in England gewesen war. Auf den Charakter der Rasse und die Beschaffenheit des Landes werden die Erscheinungen des englischen Lebens zurückgeführt. Ich habe nie einfacher über Land und Leute sprechen hören, und der Wert des Buches ist auf beiden Seiten des Ozeans anerkannt. Man weiß, mit welcher Geringschätzung die Engländer Fremdes beurteilen: sie scheinen mit Emerson eine Ausnahme zu machen. Emersons Wahrheitsliebe klingt aus jedem Urteil heraus. (*He was invested with the light of truth*, beginnt ein ihm gewidmeter Artikel in *Harpers Weekly*, englische Zeitungen sprechen sich ähnlich aus.) Er nennt die Engländer das erste Volk der Welt, stellt die Deutschen aber höher. »Die Engländer«, sagt er, »sehen nur das einzelne und wissen die Menschheit nicht nach höheren Gesetzen als ein Ganzes aufzufassen.« »Die Deutschen«, sagt er, »denken für Europa.« »Die Engländer ermessen die Tiefe des Deutschen Geistes nicht.« Das, was Engländer, Amerikaner und Deutsche unterscheidet, die drei Völker, denen gemeinsam so große Aufgaben bevorstehen, ist oft der Gegenstand seiner Darlegungen.

Hier muß Carlyle noch einmal erwähnt werden, für dessen Nachahmer sogar Emerson gehalten worden ist.

Die *Heroworship*, die Verehrung der großen Männer, ist weder von Carlyle noch von Emerson erfunden worden. Sie liegt Engländern und Amerikanern im Blute, als eine ihrer edelsten Fähigkeiten. Möglich, daß Emerson durch Carlyle den Anstoß zu den *Representative Men* empfing, sein Buch aber ist ein ganz anders gedachtes Werk als Carlyles *Heroes*. Carlyles mühevoller, unseren Blicken oft absichtlich seltsam erscheinender Stil kann mit dem Emersons nicht verglichen werden. Überhaupt diese von mir versuchten Vergleiche Emersons mit anderen betreffen Äußerliches, Zufälliges. Er steht noch allein und braucht ein besonderes Kapitel in der Geschichte. In der Einleitung zu den *Representative Men* rühmt Emerson den »Großen Männern« nach, jeder sei schon deshalb seinem Volke nützlich, weil er durch seinen Namen den Vorrat der Sprache um ein Wort bereichere. Emerson in diesem Sinne als »Wort« umschließt einen Begriff, der mit nichts anderem erklärt werden kann.

Emerson bewohnte in Concord ein kleines Haus, das einstöckig und, wie es scheint, meist aus Holz gebaut, mitten in einem Garten lag. In einer Nacht brach Feuer aus, und es brannte ab. Emerson, als bald siebzigjähriger Mann, plötzlich in die kalte Nachtluft hinausgetrieben, erkrankte zum ersten Male in seinem Leben. Jetzt traten seine Freunde zusammen und deuteten ihm an, er möge eine längere Reise unternehmen, um seine Gesundheit wieder zu festigen; die Absicht war, während seiner Abwesenheit das Haus neu aufzubauen.

Emerson trat eine Reise um die Welt an. Er ging nach Indien[10], um über Ägypten und Europa nach Hause zurückzukehren. Im Frühjahr 1873 sah ich ihn in Florenz. Eine hohe schmale Gestalt, mit dem unschuldigen Lächeln um den Mund, das Kindern und Männern höchsten Ranges eigen ist. Seine Tochter Ellen begleitete ihn, die für ihn sorgte. Die höchste Kultur erhebt den Menschen über das Nationale und macht ihn ganz einfach. Emerson hatte eine anspruchslose Würde im Benehmen, ich glaubte, ihn von Jugend auf gekannt zu haben.

Vor einem Jahr etwa wurden uns die letzten Photographien aus Concord gesandt, Ansichten des neuen Hauses, das Emerson bei seiner Rückkehr genau in der Form des alten an der alten Stelle vorgefunden hatte. Die Schulkinder der Stadt waren ihm entgegengezogen, um ihn zu bewillkommnen. Drei Blätter waren es, die wir empfingen: einmal das ganze Haus von mächtigen Bäumen beschattet, unter denen es fast wie eine Hütte erscheint. Dann Emersons Studierstube, sein Schreibtisch mitten darin; die Sonne scheint durch die Fenster hinein; jedes Stück, von den Bildern an den Wänden und der Tapete bis zu den Büchern genau kenntlich; man glaubt sich an etwas zu erinnern, das man doch nie gesehen hat. Endlich die Haustür, das Portal: in ihr und auf ihren Stufen die gesamte Familie bis zu den Kleinsten herab.

Damals war Emerson noch frisch und konnte arbeiten. Bald darauf befiel ihn eine Schwäche; er hatte völlig sein Gedächtnis verloren. Einer seiner jüngeren Verehrer schrieb mir von einem Besuch, den er bei ihm gemacht. »Emerson saß da«, heißt es in dem Briefe, »wie ein alter Adler auf seinem Aste. Er sprach freundlich und liebevoll zu mir, aber vermochte sich der Dinge und der Menschen nicht mehr zu erinnern.« An Longfellows Leichenbegängnis nahm er dann noch teil, erkältete sich bald darauf und starb an der Lungenentzündung, zu der sich das Leiden rasch entwickelt hatte. Die Zeitungen berichten nun ausführlich. Wer bei ihm war, was seine letzten Worte waren. Wie er am 27. April 10 Minuten vor 9 Uhr abends ruhig einschlief. Am 30. wurde er begraben. Sein Sohn, sein Schwiegersohn und seine Enkel trugen den Sarg auf ihren Schultern. Von allen Seiten, von Boston zumal, waren die Menschen herbeigeströmt. Alle Kirchenglocken läuteten. Die Stadt hatte Trauer angelegt.

»Es ist natürlich, an große Männer zu glauben«, beginnt die Einleitung zu Emersons *Representative Men*. »Die Natur scheint gemacht zu sein für den, der hervorragt. Die Welt wird aufrechterhalten durch die wahrhaftige Rede tüchtiger Männer. Sie machen die Welt gesund; die, die mit ihnen lebten, fanden das Leben schön und voller Nahrung. Das Leben ist süß und erträglich allein im Glauben an solche Gemeinschaft, und wie wir leben, sei es in der Idee oder in der Wirklichkeit, wir leben zusammen mit denen, die größer sind als wir. Wir nennen unsere Kinder und unsere Länder nach ihrem Namen; ihre Werke und Bilder schmücken unsere Wände, und jedes Erlebnis des Tages erinnert uns an einen Ausspruch aus ihrem Munde oder an eine ihrer Taten. Den großen Männern nachzugehen ist der Traum unserer Jugend, es ist die ernsteste Beschäftigung des männlichen Alters. Wir machen Reisen, um ihre Werke zu finden oder, wenn es möglich ist, einen Blick von ihnen zu erhaschen.«

Die Worte klingen heute wie eine Grabschrift, die Emerson sich selber verfaßte.

[1] Henry Wadsworth Longfellow (1807–1882), amerikanischer Dichter. Eine Werkausgabe erschien 1886–90, Riverside Edition of Works, außerdem eine einbändige Ausgabe: Complete Poetical Works, Cambridge Edition, 1893. Longfellow war befreundet mit dem deutschen Lyriker Ferdinand Freiligrath (1810–1876), der Longfellows Epos Hiawatha übersetzte. Longfellow starb am 24. März 1882.

[2] William Ellery Channing (1780–1842), amerikanischer Theologe.

[3] Thomas Carlyle (1795–1881), englischer Historiker und Schriftsteller.

[4] Charles Sumner (1811–1874), amerikanischer Staatsmann aus Massachusetts.

[5] Frederika Bremer (1801–1865), schwedische Erzählerin.

[6] John Greenleaf Whittier (1807–1892), amerikanischer Dichter.

[7] John Tyndall (1820–1893), englischer Physiker.

[8] George Bancroft (1800–1891), amerikanischer Historiker und Staatsmann. Er war Botschafter in Berlin von 1867–1874.

[9] Francis Bret Harte (1836–1902), amerikanischer Schriftsteller und Diplomat, Konsul der Vereinigten Staaten in Krefeld, 1878.

[10] Herman Grimm berichtet als einziger von einer Reise Emersons nach Indien. In keiner Emerson-Biographie ist ein Hinweis auf eine solche Reise zu finden. In seinem Tagebuch des Jahres 1872 schildert Emerson seine Reise nach England. Demzufolge reiste er über Frankreich und Italien nach Ägypten. Anfang 1873 trat er seine Rückreise über Italien an. In Florenz traf er dann Herman Grimm. Da sich in den Tagebüchern keine Lücke auffinden läßt, ist anzunehmen, daß Grimm in diesem Punkte irrt. (Anmerkung des Herausgebers)

# Emerson-Chronik

1803 Am 25. Mai wird Ralph Waldo Emerson als Sohn des Priesters William Emerson und Ruth Haskins Emerson in Boston, Massachusetts, geboren.

1811 ff. Nach dem Tode des Vaters sorgt die Mutter für den Lebensunterhalt der fünf Kinder William, Ralph Waldo, Edward Bliss, Robert Bulkeley und Charles Chauncy. Von 1813–1817 besucht Ralph Waldo die ›Boston Latin School‹.

1817–1821 Der 14jährige Ralph Waldo besucht das Harvard College. Dort gehört er einer literarischen Gesellschaft an, erhält einen Preis für die freie Rede und zwei Bowdoin-Preise für seine Essays: ›*The Character of Socrates*‹ und ›*The Present State of Ethical Philosophy*‹. Er schreibt Gedichte und beginnt ein Tagebuch zu führen, was er bis in sein spätes Lebensalter beibehält. In den Sommermonaten unterrichtet er an der Schule seines Bruders William in Boston.

1822–1831 Im Anschluß an sein Studium betätigt er sich als Privatlehrer und verdient so seinen Lebensunterhalt, zahlt Schulden ab, unterstützt seine Mutter und seinen in Göttingen studierenden Bruder William, der während seines Studiums in Deutschland Goethe kennenlernt. Im Februar 1825 tritt Ralph Waldo Emerson in die Theologische Hochschule in Cambridge ein und erhält dort im Oktober 1826 die Approbation zum Prediger. Eine Lungenkrankheit zwingt ihn, den Winter im Süden zu verbringen. Dort hält er in vielen Städten Predigten und kehrt im Sommer 1827 nach Boston zurück. 1829 folgt er einer Berufung zum Pfarrer an die Second Church der Unitarier in Boston. Er heiratet Ellen Louisa Tucker, die nach 18monatiger Ehe an Tuberkulose erkrankt stirbt.

1832–1836 Ralph Waldo Emerson gibt sein Priestertum auf. Sein Gesundheitszustand verschlechtert sich wieder und er findet kein neues Betätigungsfeld. So reist er nach Europa. In Italien und Frankreich sucht er Walter Savage Landor und Lafayette auf, in England ist er Gast bei Samuel Taylor Coleridge und William Wordsworth und in Schottland bei Thomas Carlyle, mit dem ihn eine lebenslange Freundschaft verbinden wird. Im September 1833 kehrt er nach Amerika zurück und nimmt seine umfangreiche Vortragstätigkeit auf. Lydia Jackson wird 1835 seine zweite Ehefrau. Sie wohnen in dem berühmten ›Old

Manse‹ in Concord. Dort schreibt Emerson seine *Erstlingsschrift ›Nature‹*, die drei Jahre später, im September 1836, veröffentlicht wird. Im Oktober 1836 wird sein Sohn Waldo geboren. Es kommt zur Gründung eines Arbeitskreises (Transcendental Club).

1837–1842 Fortsetzung seiner Vortragstätigkeit in Boston und anderen Städten in Neu-England und New York. Er hält seine berühmt gewordene *Ansprache in Harvard: ›The American Scholar‹, 1837*, in der er kulturelle Unabhängigkeit Amerikas fordert und auf die Notwendigkeit hinweist, in Amerika kulturell schöpferisch zu werden. Er bezieht Stellung gegen die Sklaverei und beschäftigt sich in seinen Vorträgen vorrangig mit dem Thema *›Human Culture‹*. 1838 hält er vor den Studenten der Theologischen Hochschule die *Ansprache: ›The Divinity School Address‹*. Die darin vorgetragenen Gedanken stoßen bei vielen Lehrenden auf Ablehnung. Nun kann Emerson nicht mehr mit einer akademischen Laufbahn rechnen. Margaret Fuller gibt 1840 die Zeitschrift: *›The Dial‹* heraus, die das Organ des Menschenkreises um Emerson wird. 1839 hatte sie Eckermanns ›Gespräche mit Goethe‹ übersetzt und herausgegeben, 3 Jahre später die Korrespondenz zwischen Fräulein Günderode und

Bettina von Arnim. Ab 1842 ist Emerson Herausgeber des *Dial*. Geburt seiner Töchter Ellen (1839) und Edith (1842). *1841 veröffentlicht er seine Essays, erste Serie* mit 12 Aufsätzen und die Abhandlung ›*The Method of Nature*‹. Henry David Thoreau wohnt nun für zwei Jahre im Hause Emersons. Emersons Sohn Waldo stirbt 1842. Die Vortragsthemen in diesem Zeitraum: ›*Speech on American Slavery*‹, *zehn Vorträge zu dem Thema* ›*Human Culture*‹, ›*Address on War*‹, ›*Divinity School Address*‹, *Vortragszyklen,* ›*Human Life*‹ und ›*The Present Age*‹, Beginn des *Vortragszyklus,* ›*The Times*‹. Außerdem erscheinen nun immer wieder *Gedichte*, *Aufsätze*, *Abhandlungen* und *Rezensionen* in verschiedenen amerikanischen Zeitschriften.

1843–1846 Seine Vortragstätigkeit führt ihn jetzt auch nach Philadelphia, Baltimore und Washington. Er übersetzt Dantes Vita Nuova und *veröffentlicht seine Essays, zweite Serie* mit 9 Aufsätzen. Sein Freund Thoreau lebt in einer Hütte am Walden-See und schreibt sein Hauptwerk ›Walden‹. Emerson unterstützt die sozialen Reformer, die in der ›Brook Farm‹ (George Ripley) und in ›Fruitlands‹ (Amos Bronson Alcott) eine Verwirklichung ihrer Ideen erhoffen, doch nimmt er selbst nicht an ihren Bestrebungen teil. *1846 veröffentlicht er seinen ersten*

*Gedichtband*. In den Vorträgen beschäftigt er sich mit dem Problem der Sklaverei; ›*The Young American*‹, ›*Address on Emancipation in the British West Indies*‹, ›*The Scholar*‹; *Vortragsreihe von sieben Vorträgen über:* ›*Representative Men*‹.

1847–1854 Er folgt der Einladung Alexander Irelands nach England, um dort Vorträge zu halten. Wieder sucht er Carlyle und Wordsworth auf und lernt Alfred Tennyson und Charles Dickens kennen. Nach seinem Aufenthalt in Paris kehrt er 1848 nach Concord zurück, wo er sogleich seine Vortragstätigkeit wieder aufnimmt. *Veröffentlicht 1849 sein fünftes Buch:* ›*Nature, Addresses, and Lectures*‹ und ›*Representative Men*‹ *(1850).* Margaret Fuller-Ossoli kommt bei einem Schiffsunglück ums Leben, 1853 stirbt seine Mutter. Er hält Vorträge in New York, Ohio, Illinois, Missouri, Michigan und Wisconsin. Die Themen reichen von einer *Ansprache gegen das* ›*Fugitive Slave Law*‹, das jedem Amerikaner verbietet, flüchtenden Sklaven Unterschlupf zu bieten, bis zu seiner *Vortragsreihe* ›*Conduct of Life*‹ (dt.: Lebensführung). 1852 verfaßt er mit James Freeman Clarke und William Henry Channing eine *Biographie Margaret Fullers.*

1855–1860 Emerson hält Vorträge in Neu-England, New York, Kanada und vielen westlichen Staaten. Immer wieder tritt er durch Wort und Tat für die Sklavenbefreiungsbewegung ein. *1856 veröffentlicht er seine ›English Traits‹* und *1860 ›The Conduct of Life‹*. In diesen Jahren beginnt der Briefwechsel zwischen ihm und Herman Grimm und dessen Frau Gisela von Arnim, die später auch mit Emersons Tochter Ellen korrespondiert. Der Freiheitskämpfer John Brown besucht wiederholt Concord und ist dort Gast bei Frank Sanborn und Emerson. John Brown hält eine Ansprache in der Stadthalle von Concord und organisiert von dort Unterkünfte und Stützpunkte für die nach Kanada flüchtenden Sklaven. John Brown wird 1859 zum Tode verurteilt und gehängt. Emerson hält in diesem Zeitraum *Vorträge vor der Frauenrechtskonvention in Boston*, seine *›Anti-Slavery Address‹, 1855* und *sechs philosophische Vorlesungen in Boston* und *seinen Vortragszyklus ›Manners and Art‹, 1859* und viele andere.

1861–1865 In Washington gehört Abraham Lincoln zu seinen Zuhörern. Die Begegnung Emerson-Lincoln findet 1862 in Washington statt. In diesem Jahr stirbt sein um Jahre jüngerer Freund Henry David Thoreau. Emerson gestaltet 1863 die Feiern anläßlich der Emanzipationsproklamation in Boston. 1864 hält er eine *Vortragsreihe, ›Social Aims‹*, und viele andere Vorträge.

1866–1871 *Veröffentlichung eines Gedichtbandes, ›May-Day and Other Pieces‹, 1867. Neuauflage seiner Prosaschriften, 1870, in sechs Bänden. Veröffentlichung neuer Essays in ›Society and Solitude‹.* Er verfaßt eine Einleitung zu Plutarchs Moralia. Seine Vortragstätigkeit erstreckt sich jetzt bis nach San Francisco. 1870 hält er die *Vortragsreihe: ›The Natural History of Intellect‹* in Harvard.

1872–1882 Nach dem Brand seines Hauses und der anschließenden Krankheit reist er mit seiner Tochter Ellen nach England, durch Frankreich nach Italien und Ägypten, 1872–1873. In Florenz trifft er Herman Grimm. Seine Heimkehr nach Concord wird mit zahlreichen Ehrungen gefeiert. Die nun nachlassenden Kräfte zwingen ihn, seine Vortragstätigkeit einzuschränken. Seine Tochter Ellen und sein Freund und späterer Biograph James Elliot Cabot arbeiten seine Vorträge aus und geben einige davon als *›Letters and Social Aims‹ 1875*, heraus. Mit Amos Bronson Alcott und Dr. H. K. Jones gründet Emerson die ›Concord School of Philosophy‹, in der er bis zu seinem Tode Vorlesungen und Ansprachen hält.

1882 Am 27. April stirbt der an einer Lungenentzündung erkrankte Ralph Waldo Emerson in seinem Hause in Concord.

# Bibliographie

## 1. Bibliographien

Cooke, George Willis. A Bibliography of Ralph Waldo Emerson. Boston, 1908; reprint, N.Y. 1966. (Eine ausführliche Emerson-Bibliographie mit chronologischer Liste einzelner Werke und früherer Ausgaben.)

Literary History of the United States: History. Ed. Robert E. Spiller, Willard Thorp, et al., N.Y. & London, 1963, pp. 1458–1459 – »Ralph Waldo Emerson: Bibliography«, Thomas H. Johnson & Richard M. Ludwig.

Literary History of the United States: Bibliography. New York, 1962, pp. 492–501. Thomas H. Johnson, »Ralph Waldo Emerson: 1803–1882.«

Literary History of the United States: Bibliography Supplement. New York, 1962, pp. 115–118. Richard M. Ludwig, »Ralph Waldo Emerson«.

Literary History of the United States: Bibliographical Supplement II. New York, London, 1972, pp. 154–157. Richard M. Ludwig, et al., eds.: »Ralph Waldo Emerson«.

## 2. Bücher und Schriften, Vorträge, Briefe und Tagebücher

Diese Auswahl beschränkt sich auf die zur Zeit im Handel erhältlichen Ausgaben nach: Books in Print, R.R.Bowker Company, New York und London, 1979–80, und: British Books in Print, 1979.

Complete Works of Ralph Waldo Emerson, ed. by Edward Waldo Emerson, a reprint of 1904 edition. [Die Bezeichnung »Complete« ist irreführend. Es gibt keine vollständige Ausgabe der Schriften Emersons. Anm. d. Hg.]

The Collected Works of Ralph Waldo Emerson, Vol. I, Nature, Addresses, and Lectures, ed. Alfred E. Ferguson et al., eds., Cambridge, Mass., and London, 1971.

- Vol. II, Essays, First Series, ed. by Joseph Slater, Cambridge, Mass., and London, 1979.
- Weitere Bände in dieser Reihe sind in Vorbereitung.

Emerson, Ralph Waldo

- Correspondence of Ralph Waldo Emerson and Thomas Carlyle, ed. by Joseph Slater, Columbia University Press, 1964.
- Correspondence Between Ralph Waldo Emerson and Herman Grimm (und Gisela von Arnim), ed. by Frederick W.Holls, Kennikat Press, Port Washington, N.Y., 1971 (unvollständige Sammlung).
- Early Lectures of Ralph Waldo Emerson, Vol. I & 3, incl. Vol. I., ed. by Stephen E.Whicher (Illustrated), Vol. 3, 1838–1842, eds., Robert E.Spiller and Wallace E.Williams, Cambridge, Mass., 1972.

- Emerson on Education: Selections, ed. by Howard M. Jones.
- Emerson, the Portable, Penguin Books, 1977.
- Emerson's Essays: First & Second Series, Complete, Apollo Edition, T. Y. Crowell.
- Emerson's Literary Criticism, ed. by Eric W. Carlson, University of Nebraska Press, 1979.
- English Traits, ed. by Howard M. Jones, John Harvard Libr. Cambridge, Mass., 1966.
- Essays, Everyman's Library, E. P. Dutton, 1955.
- Essays & Essays, Merril Standard Series, Brown Bk., 1975.
- Journals and Miscellaneous Notebooks of Ralph Waldo Emerson in 14 Volumes, Belknap Press, Cambridge, Mass.

  Vol. I. = 1819–1822, ed. W. H. Gilman et al., 1960

  Vol. II. = 1822–1826, ed. W. H. Gilman et al., 1961

  Vol. III. = 1826–1832, ed. W. H. Gilman and Alfred R. Ferguson, 1963

  Vol. IV. = 1832–1834, ed. Alfred R. Ferguson, 1964

  Vol. V. = 1835–1838, ed. M. M. Sealts, Jr., 1965

  Vol. VI. = 1824–1838, ed. Ralph H. Orth, 1966

  Vol. VII. = 1838–1842, ed. A. W. Plumstead and Harrison Hayford, 1969

  Vol. VIII. = 1841–1843, ed. W. H. Gilman & J. E. Parson, 1970

  Vol. IX. = 1843–1847, ed. Ralph H. Orth & Alfred R. Ferguson, 1971

  Vol. X. = 1847–1848, ed. M. M. Sealts, Jr., 1973

  Vol. XI. = 1848–1851, ed. W. H. Gilman & A. W. Plumstead, 1975

Vol. XII. = 1835–1862 ed. Linda Allhardt, 1976
Vol XIII. = ed. R.H. Orth & A.R. Ferguson, 1977
Vol. XIV. = ed. H. Hayford & S.S. Smith, 1978
zwei weitere Bände sind in Vorbereitung

- Letters from Ralph Waldo Emerson to a Friend, 1838–1853, Charles E. Norton, ed. Reprint of 1899 edition. Kennikat Press, Port Washington, N.Y., 1971.
- Letters of Ralph Waldo Emerson in 6 volumes, edited by R.L. Rusk, Columbia University Press, 1939.
- Nature, Addresses, and Lectures, edited by Robert E. Spiller und Alfred R. Ferguson, Harvard University Press, Cambridge, Massachusetts, 1980.
- Selected Prose and Poetry, 2nd. edition, ed. Reginal L. Cook (Rinehart Editions), 1969.
- Selected Writings, Modern Library, 1950.
- Selected Writings of Ralph Waldo Emerson, ed. by William H. Gilman, Sig Classics – NAL.
- Two Unpublished Essays: The Character of Socrates; The Present State of Ethical Philosophy. Boston, 1896.
- Uncollected Writings. Essays, Addresses, Poems, Reviews and Letters by Ralph Waldo Emerson. Kennikat Press, Port Washington, N.Y., 1971.
- Unpublished Discourses in:
- Young Emerson Speaks, unpublished discourses on many subjects, edited by A.C. McGiffert. A reprint of 1938 edition, Kennikat Press, Port Washington, N.Y., 1968.

## 3. Biographien – Allgemeine Würdigungen

a) Biographien:

Alcott, Amos Bronson. Ralph Waldo Emerson: Philosopher and Seer, Boston, 1882; reprint: Gordon Press, New York, 1972.

Brooks, Van Wyck, The Life of Emerson, New York, 1932.

Cabot, James Elliot. A Memoir of Ralph Waldo Emerson, Boston, 1887; reprint 1969.

Cooke, George Willis. Ralph Waldo Emerson: His Life, Writings and Philosophy, Boston, 1881; reprinted by Folcroft, Pa.

Emerson, Edward Waldo. Emerson in Concord: A Memoir, Boston, 1889; reprint 1970.

Firkins, Oscar W. Ralph Waldo Emerson, Boston, 1915 & 1965.

Garnett, Richard. Life of Ralph Waldo Emerson, London, 1889; reprint 1972.

Genius and Character of Emerson, Lectures at the Concord School of Philosophy, edited by F.B. Sanborn, Boston, 1885; reprint, Port Washington, Kennikat Press, N.Y., 1971.

Haskins, David Greene. Emerson's Maternal Ancestors, Boston, 1887; reprinted: Kennikat Press, Port Washington, N.Y., 1971.

Hoeltje, Hubert. Sheltering Tree, Durham, N.C., 1943; reprinted: Kennikat Press, Port Washington, N.Y., 1965.

Holmes, Oliver Wendell. Ralph Waldo Emerson, Boston, 1884; reprints: 1967 & 1973.

Ireland, Alexander. Ralph Waldo Emerson, His Life, Genius, and Writings, London, 1882; reprinted by Kennikat Press, Port Washington, N.Y., 1972.

Perry, Bliss. Emerson Today, Princeton, N.J., 1931; reprint 1969.

Rusk, Ralph L. The Life of Ralph Waldo Emerson, N.Y., 1931.

Sanborn, Franklin B. Ralph Waldo Emerson – Beacon Biographies, Boston, 1901; reprinted in Folcroft Library Editions, Folcroft, Pa., 1972.

Woodbury, Charles. Talks with Ralph Waldo Emerson, N.Y., 1890; reprinted by Horizon Press, N.Y., 1970.

b) Werke über Emerson

Aus der umfangreichen Literatur über Emerson und sein Werk seien hier nur genannt:

Cameron, Kenneth Walter. Young Emerson's Transcendental Vision, an exposition of his world view with an analysis of the structure, backgrounds, and meaning of Nature (1836), Hartford, Conn. U.S.A., 1971. (Dieses Buch enthält einen Nachdruck der ersten Ausgabe von Nature, 1836)

Deutsche Literatur über Emerson:

von Nagy, Gerhard. Grundrichtungen im Denken Ralph Waldo Emersons, Inaugural-Dissertation, Weida i. Thür., 1914.

Sakmann, Paul. Ralph Waldo Emerson's Geisteswelt nach den Werken und Tagebüchern, Stuttgart, 1927.

Simon, Julius. Ralph Waldo Emerson in Deutschland (1851–1932), Berlin, 1937. (Enthält eine ausführliche Emerson-Bibliographie deutschsprachiger Bücher, eine Einführung in Emersons Denken und eine gründliche Untersuchung der Emerson-Rezeption in Deutschland.)

Für ausführliche Angaben zur Literatur über Emerson, siehe:

Ralph Waldo Emerson. A checklist of criticism, 1900–1977, by Jeanetta Boswell, The Scarecrow Author Bibliographies No. 39, Metuchen, N.J. & London, 1979.

A Bibliography of Ralph Waldo Emerson, compiled by George Willis Cooke, Kraus Reprint Corporation, N.Y., 1966.

## 4. Emersons Schriften in deutscher Übersetzung

Von Emersons Schriften ist bisher nur ein ganz geringer Teil ins Deutsche übersetzt worden. Ab 1857 erschienen immer wieder einzelne ausgewählte Aufsätze oder Vorträge, einige davon in drei- oder vierfacher Ausgabe. Nicht übersetzt wurden viele biographische, philosophische und theologische Schriften oder Vorträge, Predigten und Gedichte. Die folgende Bibliographie aller deutschen Emerson-Ausgaben diene daher der Übersicht; keiner der genannten Titel ist in einer Neuauflage erschienen.

*Werke – Teilsammlungen (Auswahl)*

Aus Welt und Einsamkeit und andere Essays. (Sophie von Harbou). Halle: Hendel 1902.

Seid fröhlich und weise. (Wilhelm Mießner). Jena: Eugen Diedrichs 1905.

Natur und Geist. (Wilhelm Mießner). Jena: Eugen Diedrichs 1907.

Die Sonne segnet die Welt. (Maria Kühn). Düsseldorf: Langewiesche 1907, Königsstein: Langewiesche 1913.

Die Weisheit des Lebensmuts. (Paul Sakmann). Stuttgart: Moritz 1926.

*Conduct of Life (1860)*

dt.: Die Führung des Lebens. (E. S. von Mühlberg). Leipzig: Steinacker 1862.

– 2. Auflage, Leipzig: Unflad 1885.

– (Karl Federn). Minden: Bruns 1901.

– (Heinrich Conrad). 1. und 2. Auflage, Jena: Diedrichs 1905.

– (Franz Kwest). Halle: Hendel 1910.

– (Karl Federn). Minden, Leipzig: Grethlein 1926.

*English Traits (1856)*

dt.: Englische Charakterzüge. (Friedrich Spielhagen). Hannover: Meyer 1857.

*(Essays 1841 und 1844)*

dt.: Versuche. (G. Fabricius). Hannover: Meyer 1858. Essays. 1–3 (Karl Federn und Thora Weigand). Halle: Hendel 1894–1897.

– Essays. Hrg. Hans Hennecke (Auswahl u. Fragmente) Müller & Kiepenheuer Verlag, Bergen II. Obb. 1949.
– (Oskar Dähnert). Leipzig: Reclam 1897. (Universal-Bibliothek: 3702. 3703.)
– 1. Folge (Wilhelm Schölermann). Leipzig: Diedrichs 1902.
– 1. Reihe: 2. Auflage, Jena: Diedrichs 1905 (Auswahl)
– 2. Reihe. (Wilhelm Mießner). Jena: Diedrichs 1904 (Auswahl).
Versuche. (G. Fabricius). Berlin: Deutsche Bibliothek 1915.

*Letters and Social Aims (1876)*
dt.: Neue Essays. (Julian Schmidt). Stuttgart: Auerbach 1876.

*Love and Friendship (1896)*
Auszug: Vom häuslichen Leben. (...) Lübeck: Wildner 1947.

*Nature (1836 bzw. nur die Ausgabe von 1849)*
Die Natur. Ein Essay. (Adolf Holtermann). Hannover: Meyer 1868.
– Zwei Essays nebst dem Goetheschen Hymnus. Leipzig: Insel 1913. (Inselbücherei 76).

*Representative Men (1850)*
Ralph Waldo Emerson über Goethe und Shakespeare. Aus dem Englischen nebst einer Kritik der Schriften Emersons von Herman Grimm. (Carl Rümpler) Hannover 1857.

dt.: Repräsentanten des Menschengeschlechts. (Oskar Dähnert). Leipzig: Reclam 1895 (Universal-Bibliothek: 3464. 3465).

– (Karl Federn). Halle: Hendel 1896.

Vertreter der Menschheit. (Heinrich Conrad). Leipzig: Diedrichs 1903. 2. Auflage, Jena: Diedrichs 1905.

... daraus: Goethe der Schriftsteller, Shakespeare der Dichter, übersetzt von Herman Grimm, in: Fünfzehn Essays, dritte Folge, Berlin: Ferd. Dümmlers Verlagsbuchhandlung 1882, S. 220ff.

*Society and Solitude (1870)*

dt.: Gesellschaft und Einsamkeit. (Selma Mohnicke). Bremen: Kühlmann 1875.

– 3. Auflage, Norden: Fischer 1885

– (Heinrich Conrad). Jena: Diedrichs 1903.

– 2. Auflage, Jena: Diedrichs 1907.

# Register